Arno Camenisch
bei Urs Engeler

Arno Camenisch
Fred und Franz

Vor dem Casino. – Warum bist du aus der Bar abgehauen, fragt der Franz. Er hat rote Haare. Mir war schlecht, sagt der Fred, und als ich draussen war und den Himmel sah, all die Sterne, der ganze Plunder wie aufgehängt am Firmament, habe ich mir gesagt, geh doch ein bisschen spazieren. Warst du bei der Maria, fragt der Franz. Schau all die toten Blätter auf der Strasse, sagt der Fred. Wo bist du gewesen, fragt der Franz. Ich war bei der Maria, sagt der Fred. Du armer Sack, sagt der Franz, und dann? Ich habe geklingelt, wenn man vor einer Türe steht, dann klingelt man. Einen Trog Geranien hatte ich auf dem Weg auch noch für sie abgehängt und mitgenommen. Hat sie aufgemacht, fragt der Franz. Jo kasch tenka, sagt der Fred, bei dem Penalti, den ich beieinander hatte, oder hättest du die ganze Tragödie ins Haus gelassen? Aber wenigstens hat sie das Fenster aufgemacht und rausgeschaut.

Lass uns reingehen, aber zieh davor noch diese hier an, sagt der Franz und streckt ihm eine Kravatte hin. Rosarot, sagt der Fred, du hast auch noch Humor. Die passt gut zu deinem grauen Anzug, sagt der Franz. Er schaut ihn an. Komm her, sagt der Franz und bindet ihm die Kravatte um, und nimm deine Kappe vom Deckel, siehst ja aus wie ein Astronaut. Warst du auch singen unter den Balkonen, fragt der Fred. Ich habe den Vogel entwischen lassen, sagt der Franz. Bravo, sagt der Fred, aber für Ballone ist der Mister halt zu nobel. Und jetzt ist sie schwanger? Ein paar Gebete aufsagen und etwas Weihwasser trinken und den englischen Gruss singen, das hat noch immer geholfen, sagt der Franz. Aber sie meinte, sie sei gerade an den Kuckuckstagen vorbei. Mit der Polizistin dann, fragt der Fred. Nein, mit der Magdalena, sagt der Franz, aber sie ist halt verheiratet.

Sie stehen beim Roulette. Etwas moderato am Anfang, sagt der Franz, gerade Hemd und Hut wollen wir nicht gleich abgeben hier drin. Hast du deine Schötons, fragt der Fred. Der Franz schüttelt seine Hand in der Tschopentasche. Ich setze alles auf den siebzehnten November, den Geburtstag der Maria, sagt der Fred und legt fünf Hunderter auf die siebzehn. Nur langsam, sagt der Franz und nimmt die Schötons wieder weg. Er trinkt sein Bier aus. Der Fred zündet sich eine Zigarette an. Hier drin hat es keine Uhren, sagt er. Du bist dein eigener König, sagt der Franz. Und dein eigenes Kamel, sagt der Fred und schnäuzt sich. Ach, weisst du, sagt der Franz, wir gehen jeweils zu mir, und danach raucht sie noch eine mit mir am Küchentisch. Und wenn sie die Treppe runtergeht, schaut sie nicht zurück, ich hebe trotzdem die Hand.

Jetzt haben wir alle Goldstücke liegen lassen, sagt der Fred, wir können gehen. Der Franz fasst ihn am Oberarm, wir trinken noch eins dort drüben an der

Bar und schauen Hunderennen. An der Bar sitzt ein Mann mit einem Hörrohr und trinkt grosse Kübels. Zwei Whiskys, sagt der Franz zur Kellnerin. Die ist hübsch, sagt er. Die hat einen krummen Rücken, sagt der Fred. Am liebsten höre ich die Stimme von Maria, wenn sie mit ihrem Hund redet. Die gehen wie Raketen, schau, sagt der Franz und zeigt auf den Bildschirm. Vorgestern habe ich sie in der Stadt gesehen, sagt der Fred, sie war etwas kleiner als sonst, aber das macht nichts. Schau wie sie dem Limpilampi nachjagen, sagt der Franz. Sie hatte eine neue Jacke an, sagt der Fred, und verschwand um die Ecke. Hundert auf die Neun, sagt der Franz. Du verlierst, sagt der Fred und hebt sein Glas, hundert auf die Sechs. Viva.

Beim Holzhacken hinterm Haus. – Auf die Holzgötter, sagt der Fred und schmettert den Holzschlegel auf den Holzklotz nieder. Das auseinanderbrechen, was nicht zusammengehört, sagt der Franz. Er trägt ein weisses Unterlibli. Verflucht, sagt der Fred. Denk an den Bock der Maria und gnabatsch, sagt der Franz. Gegen Eifersucht hilft nur Holzhacken. Der Fred schaut auf, was, hat sie einen neuen? Wenn ich richtig gesehen habe vorgestern, sagt der Franz. Er fährt mit dem Daumen über die Schneide von seiner Axt. Glaube ich nicht, sagt der Fred, das sagst du nur, weil du letztes Mal die hundert Franken verloren hast. Meinst du, sagt der Franz. Zweitletzter ist deine Neun geworden, den grössten Bodenlumpen hast du dir ausgesucht, der hinkte ja, das sah man ja von Weitem, sagt der Fred und holt aus und kracht den Holzschlegel auf den Holzklotz nieder, dass er auseinanderbricht.

Der Nebel ist aufgezogen. Kalt ist es geworden. Heute Abend kommt wieder die Marta, fragt der Fred. Er sitzt in der Carretta neben dem Holzhaufen. Die Carretta hat einen abgebrochenen Arm. Die Magdalena meinst du, sie kommt nicht mehr so oft, sagt der Franz, vielleicht grad besser so, wenn sie schon verheiratet ist, nicht dass es noch Tote gibt. Im Nebel taucht ein Mann mit einer Schaufel über der Schulter auf und verschwindet wieder. Auf dem Kopf hat er einen Hut. Sobald sie dahinterkommen, stehen sie auf der Türschwelle mit der Axt. Der Fred raucht. Ich habe einmal Dramen mit Ehemännern gehabt, er macht am Kopf eine Drehbewegung mit der Hand. Anja Kovac hiess sie und hatte die schönsten Unterarme der ganzen Konfederation. Und ihr Mann, einer wie ein Henker, hat eine Chianti-Glocke in Scherben geschlagen und mir nachgeschmissen, zac, wie ein Messer am Blecheimer vorbei. Ich hörte bereits die Posaunen der Engel im Himmel und das ganze Gebimmel. Der hätte Kleinholz aus mir gemacht. Er steht auf und fasst die Axt am Hals, Anja Kovac, sagt er vor sich hin, sie trug ihre Katze wie eine Handtasche.

Im Auto. – Es regnet. Du darfst gerne etwas langsamer fahren, sagt der Franz. Er hält sich am Griff fest. Der Fred schaltet. Er trägt eine grüne Kappe. Diese Kiste bricht uns noch auseinander, sagt der Franz. Er trägt ein blaues Überkleid. Auf dem Boden zwischen seinen Beinen hat er einen Benzinkanister. Bis runter nach Slowenien sind wir mit diesem Auto gefahren, die Maria und ich, sagt der Fred und zündet sich eine Zigarette an. Er kurbelt das Fenster runter. Es regnet zum Fenster rein. Durch die Nacht sind wir gefahren, sagt er, es schüttete wie aus Kübeln. Der Franz verdreht die Augen. Fährt tiptop, sagt der Fred und klopft mit der Hand auf die Ablage, fährt wie ein Totó. Der Franz schaut zum Fenster raus auf die Felswände. Slowenien beginnt in einer Kurve, sagt der Fred und bläst den Rauch aus. In San Giorgio vor der Grenze auf dem Parkplatz haben wir uns auf dem Rücksitz geliebt. Es war etwas eng, aber schön. Sie denke ans Meer, sagte sie. Sie roch wie eine Felswand nach einem Gewitter.

Der Regen wird stärker. Der Nebel hängt in den Rottannen. Von der Decke tropft es, das Schiebedach ist undicht. Und wenn ein Lastwagen uns von unten um die Kurve entgegenkommt, fragt der Franz und greift sich in die Haare. Wir müssen nicht zum Heuen, sagt er, ich habe heute Abend noch abgemacht. Hast du Blumen, fragt der Fred. Es geht auch ohne, sagt der Franz. Blumen schaden nie, sagt der Fred, aber nicht

Rosen. Über Rosen haben sie sich bis heute noch immer gefreut, sagt der Franz. Rosen weiss wie die Bettwäsche vom Allmächtigen, sagt der Fred, nix, wenn Blumenwerk, dann Kräuter. Was, fragt der Franz. Kräuter, sagt der Fred, gehst rüber in den Garten vom Nachbarn und reisst ein paar Kräuter aus. Was Kräuter, sagt der Franz. Salbei, Basilikum, etwas Schnittlauch, Rosmarin, ein bisschen Silberkraut, Pfefferminz, Thymian, so, sagt der Fred, und bindest das zusammen, und schon hast du einen schönen Strauss. Aber nicht Schwarznesseln reintun, falls sie den Strauss in den Salat tun, sonst liegen sie dann ab. Ich weiss denn nicht, ob sich die Frida über Heu freuen wird, sagt der Franz.

Der Fred lässt den Zigarettenstummel zum Fenster raus fallen und macht das Fenster zu. Das Radio rauscht. Wie das schifft, sagt der Franz und hält den Benzinkanister fest. Man riecht den Schnee, sagt der Fred. Der Franz holt aus der Hosentasche von seinem blauen Überkleid eine Taschenuhr aus Silber. Ist das denn ein richtiges Rondévu heute Abend mit der Fida, fragt der Fred. Frida, sagt der Franz. Huara Kupplung, sagt der Fred und schaut nach unten. Pass auf, ruft der Franz, ui, das war knapp. Der Fred wischt mit der Hand über die Frontscheibe. Er schaltet das Radio aus. Und rede nicht zu viel, das haben sie nicht gerne, wenn man schwafelt wie ein Fluss, sagt der Fred, aber du trägst die Zunge halt nicht in der Tasche. Wir kennen uns noch von früher, sagt der Franz, ist aber schon eine Hanfel Jahre her, da waren wir noch grün und hatten Hochwasserhosen an. Ihre Grossmutter, alt wie Brot und Milch und mit Rosenkränzen umgehängt wie ein Tannenbaum, sass in der Küche am Tisch, und wir drehten ihr das Radio laut auf, bevor wir nach oben gingen. Einen Sommer ging das so, bis es abkühlte auf den Winter hin. Und letzte Woche sind wir uns in der Bar an der Ecke begegnet und haben gedacht, warum nicht. Der Schwanz spendet etwas Trost, sagt der Fred, aber reib du dich wund, mir ist das Wurst. Dir würde es auch guttun, mal andere Frauen zu treffen, anstatt der Maria nachzutrauern, sagt der Franz. Seit Wochen, dass du im Kreis fährst.

Warum tönt es plötzlich so laut, fragt der Franz. Wir haben den Auspuff verloren, sagt der Fred und schaut in den Rückspiegel. Der Auspuff liegt in der Strassenmitte im Regen und dampft. Der Fred schaut wieder nach vorne. Und auf was Ernstes hast du nicht mal Lust, fragt er. Wenn die Richtige nicht kommt, sagt der Franz. Der Fred lacht, die Richtige kommt auch nicht, die riechen das. Ob es was Rechtes ist, weiss man halt meistens erst im Nachhinein, sagt der Franz. Wenn sie furt sind, gell, sagt der Fred. Jessesgott, ruft der Franz. Die Bremsen quietschen. Eine Gruppe Nonnen überquert die Strasse. Der Fred winkt. Um Gottes Willen, sagt der Franz und fasst sich ans Herz, die hier hätten wir dieses Mal fast flachgelegt.

In der Sauna. – An der Wand hängt Jesus am Kreuz. Seine rechte Hand ist abgebrochen. Das Kruzifix hängt schief. Das tut gut, sagt der Franz und lehnt mit dem Rücken gegen die Wand. Die Hände hat er gefaltet und die Augen geschlossen. Der Fred leert Wasser über die Steine. Es dampft. Ja, seit die Ana gegangen ist, sagt der Franz vor sich hin. Er streicht sich über die Stirn. Beinahe ein Jahr sind wir zusammen gewesen, als ich in Spanien lebte. Hostia, was für ein Temperament sie hatte. Du brauchst eine, die dich an den Hörnern packt, sagt der Fred. Kennengelernt hatten wir uns in einer Bar im Sommer, schweineheiss dort unten im Sommer, tagsüber bis fünfundvierzig, dass der Asphalt fast schmilzt, sagt der Franz. Wir hatten uns betrunken und sind zu ihr auf die Dachterrasse gegangen und haben es im Stehen getrieben mit den Hosen in den Kniekehlen. Wie Hunde, sagt der Fred und richtet das Kruzifix an der Wand aus. Und am Abend darauf schleppten wir die Matratze auf die Dachterrasse, und sie legte sich hin und ich drauf, dass sie dabei rauf in den Sternenhimmel schauen konnte.

Der Franz lehnt sich nach vorne und stützt die Ellenbogen auf die Knie ab. Das war eine schöne Zeit in Spanien, sagt er. Mit dem Auto der Gärtner von der Firma, in der sie arbeitete, haben wir das ganze Land abgemäht. Zwei liebe Kerle waren das, Zwillinge, und sie gaben uns das Auto im Tausch um einen guten Sherry. Einer dieser Röno Rapid war das, mit zwei Plätzen vorne und hinten die Kiste mit Scheiben, ein weisser, und da konntest du Matratze und Gaskocher für den Kaffee am Morgen reintun, mehr brauchte man nicht. Unter offenem Himmel ist schön, sagt der Fred. Einmal lagen wir mitten in der Provence und hatten die Matratze quer auf einem Feld ausgelegt, sagt der Franz. Um Mitternacht kam der Fuchs. Ich war noch oben bei den Heiligen, als die Ana mich weckte. Finster wie in einer Kuh war es. Da, sagte die Ana, und ich schmiss den Stuhl. Getroffen, fragt der Fred. Gnacs, sagt der Franz. Dann kam der Bauer mit der Flinte. In einem Hurti waren wir weg. Er lehnt sich wieder nach hinten gegen die Wand.

Tut es noch weh, fragt der Fred. Ha, fragt der Franz, buah, eiskalt. Ob es noch weh tue, fragt der Fred und bindet sich das Handtuch um. Buah, sagt der Franz und schaltet das Wasser ab, was hast du gesagt? Tut es noch weh, fragt der Fred. Es geht, sagt der Franz und streicht sich über den Ellenbogen, ein rechter Schlag war das. Tut mir leid, sagt der Fred. Damit ist es nicht getan, sagt der Franz. Was kann ich dafür, wenn hinter der Kurve eine Kuh steht, sagt der Fred. Ich habe dir gesagt, du sollst nicht wie ein Betrunkener fahren, sagt der Franz, aber der Fangio fährt wie ein Farructer. Und der Kopf, fragt der Fred. Sechs Stiche hat er nähen müssen, sagt der Franz und fasst sich an den Hinterkopf. Zeig her, sagt der Fred und geht näher, ein Reissverschluss am Hinterkopf, solide Arbeit. Fefferminztee drauftun, das hilft, und iss eine Banane. Er streckt ihm eine hin. Der Franz hebt die Augenbrauen und nimmt die Banane, da steht man mit einem Bein im Winter und der andere fährt wie in Le Mans. Der Fred legt sich auf den Liegestuhl hin, schau die schöne Aussicht. Ein Vogel fliegt gegen die Fensterscheibe.

Auf der Ablage steht ein Radio. Die Antenne ist abgebrochen. Und das Auto ist Schrott, fragt der Franz. Das zahlt die Versicherung, sagt der Fred. Da wäre ich mir nicht zu sicher, sagt der Franz und schält die Banane, das sind Rappenspalter. Der Mechaniker hat einen anderen Wagen für mich, sagt der Fred. Hast uns fast rauf in den Himmel hinein verräumt, sagt der Franz, nach Sibirien sollte man solche wie dich schicken. Am Boden in der Ecke steht eine Pflanze. Du kommst in die Hölle, sagt der Fred. Jo kasch tenka, sagt der Franz mit vollem Mund. Er wirft die Bananenschale und verfehlt den Abfalleimer. In der Hölle spielt man ABBA, sagt der Fred. Und das Rondévu mit der Frida war auch futsch, sagt der Franz. Erzähl das jemandem, glaubt dir kein Schwein. Ein Mal im Leben fährt jetzt jeder mal über eine Kuh, sagt der Fred und zündet sich eine Zigarette an. Oh, wie tönt das denn, sagt der Franz, Cara Frida, mina liaba Fründ dr Fred hät an Kuah über da Hufa gfahra und i han da Kopf agschlaga, kan nid kho, dr Franz. Passt doch, sagt der Fred. Jo kasch tenka, die denkt du machst Gägs, sagt der Franz und nimmt sich eine Birne aus der Schale auf dem Tisch. Die Schale ist aus Glas. Dann schreibst du ihr wieder, sagt der Fred, Cara Frida, d'Kuah isch zwar tot, aber minam Kopf goht's wider guat, so wennd no nid furt bisch, gsehmer üs am Fritig, F. PS: dr Fred hät jetzan an Fiat. Sie ist jetzt sowieso gerade in Frankreich, sagt der Franz.

Im Café. – Wem schreibst du, fragt der Franz. Niemandem, sagt der Fred. Schreibst du wieder der Maria, fragt der Franz und schnäuzt sich. Da Freddie sait nüt, sagt der Fred. Du trägst Wasser in den Rhein, sagt der Franz, leg den Knochen weg. Ihrer Mutter schreibe ich, sagt der Fred, ich hätte ihre Tochter im Fall wahnsinnig gern, sie solle es doch bitte ausrichten. Der Franz steckt das Nastuch weg und nimmt dem Fred das Handy aus der Hand, daraus mache ich Schweinepulver. Vor dem Fenster schneit es, die Strassen sind schneebedeckt. Am Nebentisch sitzt eine dicke Frau und isst einen Apfelstrudel mit Vanillesosse. Die Tränen laufen ihr übers Gesicht. Vorige Woche habe ich sie gesehen, sagt der Fred. Der Franz trägt eine Winterjacke mit dicker Fellkapuze. Im Eden, sagt der Fred, sie hatte noch meinen

Suppentopf, sie ist aber gleich wieder gegangen, hat sich nicht mal hingesetzt. Er nimmt den Kaffeelöffel in die Hand. Sie ist schön wie der Winter.

Und nachher hast du wieder drei Wochen daran zu nagen, sagt der Franz und niest. Briefe und Strümpfe verbrennen und sich dumm stellen. Du fängst dir noch einen Hörsturz ein. Der Fred legt den Löffel in die Tasse. Du hast mir gesagt, dass du ihr nicht mehr schreiben und ihre Nachrichten löschen würdest, sagt der Franz. Das stimmt nicht, sagt der Fred. Klar hast du das gesagt, sagt der Franz. Das stimmt schon, aber ich lösche ihre Nachrichten nicht. Und du hast mir gesagt, dass sie dir schreibt und nicht umgekehrt, sagt der Franz. Das stimmt auch nicht, sagt der Fred. Und wie lange geht das schon so, fragt der Franz. Seit Anfang an, sagt der Fred, also seit dem Ende. Und antwortet sie, fragt der Franz. Nicht mehr, sagt der Fred. Aber der Suppentopf war ihre Idee. Der Fred zieht die Kappe über die Ohren. Vergiss den schaiss Suppentopf, sagt der Franz, wer geht, soll auch gehen, ist ja schlimmer als diese Toten, die längstens tot sind und immer noch durch die Gänge geistern.

Schau mal, wie das schneit, sagt der Fred und zeigt mit dem Daumen zum Fenster. Was wollte sie, fragt der Franz. Heute morgen habe ich Schnee geschaufelt, sagt der Fred. Wollte sie dir sagen, dass sie einen anderen hat, fragt der Franz. Schneeschaufeln ist etwas vom Schönsten, sagt der Fred, mit Schneeschaufeln sollte jeder Tag beginnen, das ist wie Holzhacken. An der Wand hängt eine Uhr. Sie geht verkehrt. Irgendwann kehrt sie zurück, sagt der Fred. Der Franz atmet tief durch, genau, und vielleicht bringt sie noch einen Früchtekorb mit und ein paar Büchsen Ravioli. Er legt das Handy vom Fred auf den Tisch und holt das Taschentuch aus der Hosentasche. Ich liege auf dem Bett in der Wärme und rauche und denke an sie, sagt der Fred, das ist angenehm und nicht gefährlich. Sobald es anfängt zu drehen im Kopf, musst du was machen, sagt der Franz, ja nicht herumliegen und dich einschneien lassen, es friert dir sonst das Gemüse ein. Du hast dich erkältet, sagt der Fred. Nachdem die Ana in Spanien gegangen war, ging ich nicht mehr aus dem Haus, sagt der Franz, das Herz wird dir schwer wie ein alter, nasser Bodenlumpen.

Vor dem Fenster fährt ein Auto gegen einen Baum. Ein zweites Auto fährt dem ersten in den Hintern. Der Franz schaut zum Fenster raus. Der Fred nimmt das Handy vom Tisch und steckt es ein. Aber ich bin auch selber schuld, sagt der Franz, wenn ich diese Apparate herumliegen lasse. Da schrieb mir eine verblühte Liebe und öffnete die Bodega, und die Ana sah es und zog mir ihren Helm kräftig über den Kopf, bevor sie ging. Nie mehr gesehen. Das tut weh, sagt der Fred. Die Ana liebte ich heiss, sagt der Franz. Gehörnt hast du sie trotzdem, sagt der Fred. Und seit die Ana gegangen ist, kommen und gehen sie, wie sie wollen, sagt der Franz, und sobald es was Rechtes geben könnte, rennt der Kerli ab, dass er die Stiefel verliert, als hätte er den Teufel gesehen. Die Polizei fährt vor dem Fenster mit Blaulicht vor. Die Frau am Nebentisch zieht ihre rosaroten Ohrenwärmer an und steht auf. Der Kellner hält ihr den Pelzmantel auf. Am Morgen, als die Maria ging, sagt der Fred, ich sass am Küchentisch, und sie packte ihre Sachen. Der Franz schaut auf die Uhr. Ich muss los, sagt er und nimmt die Blume auf dem Tisch aus der Vase und steht auf, die Magdalena wartet.

Vor dem Kiosk. – Wartest du schon lange, fragt der Franz. Seit ein paar Monaten, sagt der Fred und steckt sein Handy weg. Er hat eine Schaufel dabei. Die Sonne scheint. An den Strassenrändern liegt Schnee. Ich habe dir eine Landeslotterie gekauft, sagt der Fred und streckt sie dem Franz hin. Danke, sagt der Franz und reisst sie auf. Er trägt ein Franzosakäppli. Hinter der Glasscheibe vom Kiosk sitzt eine junge Frau und liest eine Zeitschrift. Hinter ihr an der Wand hängt eine gelbe Blechtafel. Maryland steht darauf. Die ist hübsch, sagt der Franz und macht eine Kopfbewegung nach hinten. Trägt eine Brille wie ein VW Käfer, sagt der Fred. Er holt das Zigarettenpäckchen aus der Jackentasche. Hast du was gezogen? Der Franz faltet die Lotterie auseinander, eine blutte Null. Die Maria hat mal in einem Wettbewerb einen Kiosk gewonnen, sagt der Fred, inklusive Zapfsäule. Plus Kioskfrau, fragt der Franz. Ohne, sagt der Fred und zündet sich eine Zigarette an, so haben wir den Kiosk selber geführt für ein halbes Jahr, bis wir bankrott waren. Das hat mir gefallen. Weil du alle Zigaretten selber weggeraucht hast vermutlich, sagt der Franz. Dann rauchte ich noch Gauloises, sagt der Fred. Die Magdalena raucht auch Gauloises, Blau ohne, sagt der Franz. Mit diesen hatte ich im Imkerkurs angefangen in der Schulzeit, sagt der Fred. Zu Hause durfte ich nicht rauchen, so machte ich eben den Imkerkurs, da musste man rauchen.

Zwei Raben fliegen über den Kiosk hinweg. Vor zwei Wochen war ich mit der Magdalena in den Bergen, sagt der Franz, sie hat mich eingeladen. Und ihr Mann hat euch die Koffer getragen, fragt der Fred. Der war auf Geschäftsreise in London, sagt der Franz, wenn ich mit ihr bin, existiert dieser Halbschuh gar nicht. In einem Hotel im Engadin waren wir, seitdem habe ich aber nichts mehr von ihr gehört. Du hast hoffentlich die schönen Hosen angezogen, sagt der Fred. Am zweiten Tag waren wir auf dem Gletscher, sagt der Franz. Da oben hat es viele Gletscherspalten, sagt der Fred, nur sieht man sie nicht immer, gell, bei all dem Neuschnee. Ja, das mit der Magdalena, sagt der Franz. Der Fred stützt sich auf die Schaufel und schaut den Franz an. Dich hat es erwischt, sagt er. Ach was, sagt der Franz und winkt ab.

Ein Viehtransporter fährt am Kiosk vorbei. Der Franz richtet sein Käppli und blättert in den Zeitschriften. Unter dem Käppli schauen seine roten Haare hervor. Können wir bald los, fragt der Fred. Noch zu früh, sagt der Franz. Steht alles bereit, fragt der Fred. Der Franz nickt. Schau, sagt er und zeigt auf das Bild im Heft, hier sind wir durchgefahren, Südfrankreich ist das, fast schon Spanien. Ein paar Tage mehr als vorgesehen hatten die Ana und ich hier verbracht, die Mechaniker mussten das Auto der Gärtner flicken. Ist recht nett. Dir würde es auch guttun, mal ein paar Tage nach Frankreich zu fahren. Mit der Maria war ich in Südfrankreich, in Saintes-Maries-de-la-Mer, sagt der Fred. Das war ein Fiasco. Gestritten Tag und Nacht, nach sieben von siebzehn Tagen waren wir wieder zurück. Am liebsten bin ich zu Hause, habe ich ihr gesagt, und sie hat gesagt, dann geh doch. Also gut, habe ich gesagt und bin losgefahren. Hast du sie zurückgelassen, fragt der Franz. Aber in Montpellier habe ich kehrtgemacht und bin zurückgefahren, sagt der Fred. Im Jahr darauf habe ich den Bus gekauft, ab dann war es gut. Welchen Bus, fragt der Franz. Den T4, sagt der Fred.

Beim Umzug. – Den grünen da, diesen VW, fragt der Franz. Jahrgang 83, sagt der Fred, mit diesem sind wir oft ausgeritten. Ich hatte meinen Plausch am Autofahren, sie am Meer. Die saufen viel, sagt der Franz und stellt das Schmetterlingsnetz in die Ecke.

Er trägt Latzhosen und Stiefel. Dreizehn auf hundert, sagt der Fred, aber sind robust, die kriegst du nicht tot. Er setzt sich auf eine Holzkiste. Auf der Holzkiste steht die Zahl 41 mit schwarzer Farbe geschrieben. Hier, trink ein Bier, das gibt etwas Schub, sagt der Franz und macht ihm das Bier auf. Er krempelt die Ärmel hoch. Eine schöne Holzkiste, sagt der Fred und streicht mit der Hand über den Deckel. In dieser Kiste hätten zwei Hunde Platz. Die ist noch von der Ana, sagt der Franz und steckt die Hände in die Hosentaschen seiner Latzhose, aber bscht, wenn sie davon erfährt, steht sie am nächsten Tag auf der Türmatte. Die Leichen, die beim Umziehen hervorkommen, sagt der Fred und hebt sein Bier zum Hirschgeweih, das an der Wand hängt. Er trinkt.

Mit der Ana habe ich auch mal eine Kuh überfahren, sagt der Franz und setzt sich in die Kartonschachtel am Boden. Ich habe doch gesagt, dass jeder mindestens ein Mal pro Leben eine Kuh überfährt, sagt der Fred. Wir wollten in die Pyrenäen für ein paar Tage mit dem Röno Rapid der Gärtner, sagt der Franz, wir sind am späten Abend losgefahren und waren gerade an Barcelona vorbei und rasten nach Girona auf der Autobahn den Stutz hinauf Richtung Gebirge, da habe ich ein Stück weit vor mir einen Lastwagen gesehen. Wie eine Kanonenkugel jagte ich mit hundertsechzig die Strasse hinauf, die Ana schlief neben mir, und gerade bevor ich den Lastwagen überholen will, öffnet sich die Hintertüre vom Lastwagen und eine halbe gefrorene Kuh fällt auf die Strasse hinaus und ich mit hundertsiebzig über die halbe gefrorene Kuh hinweg. Nichts passiert, fragt der Fred. Ein paar Kratzer, sagt der Franz, aber da staunst du schon noch.

Auf drei, sagt der Franz, und hopp. Der untere Teil der Kommode bricht ab. Aber Hauptsache die Zigarette steckt, sagt der Franz. Der Stumpen bleibt drin, sagt der Fred und macht zwei Schritte zurück. Er streckt die Hände nach vorne und macht ein Auge zu, als würde er zielen. Die bringen wir nicht durch die Türe, wir müssen die Mauer rausschlagen. Meinst du, sagt der Franz und streicht mit der Hand über den Türrahmen. Ich rufe den Feltscher, den Fleischer von gegenüber, der ist stark wie fünf. Er geht zum Fenster und macht es auf. Es windet Schnee zum Fenster rein. Der Fred nimmt seine grüne Kappe aus der Hosentasche und setzt sie sich auf.

Er kommt hoch, sagt der Franz und holt zwei neue Bier aus der Bierkiste auf dem Boden. Auf der Bierkiste ist ein gelber Steinbock. Die schönste Reise mit dem T4 war die von hier aus mitten durchs Piemont, sagt der Fred, und in Genua rechts rüber, an Finale vorbei die ganze Küste entlang bis hinüber zum Crap de Creu, und dort beim Crap am Meer haben wir den Pakt geschlossen. Der Franz klebt die Kartonschachteln mit Isolierband zu. Die Maria trug ein schwarzes

Kleid mit Spitzen bis zu den Knöcheln, der Wind strich ihr über den Rücken, ein Spektakel, diese Frau in diesem Kleid, sagt der Fred, und der Wind zog ihr die Haare nach Norden. Sodali, sagt der Franz und streckt seinen Rücken durch. Und in den Felsen am Meer, wo die Wellen an den Steinen zerbrachen, habe ich ihr ein Feuer gemacht, das war mein Versprechen. Dein Götze, sagt der Franz vor sich hin. Und in den Felsblöcken am Meer, das tobte und brüllte, haben wir uns geliebt.

Grazie mille, ruft der Franz dem Feltscher nach. Ich bringe ihm dann ein paar Partagas rüber, er raucht so gerne, während er Kühe auseinandersägt. Das beste wäre, wenn alles in einer Holzkiste Platz hätte, sagt der Fred. Und für den Rest eine Mulde vor dem Fenster aufstellen und furt mit dem Plunder. Was Plunder, sagt der Franz. Schleppst es ja nur von einem Ecken in den anderen, sagt der Fred. Ich will nicht wissen, was bei dir noch alles herumliegt und verwittert, sagt der Franz. Und das rote hier, was ist das, fragt der Fred und hebt es hoch. Zeig mal her, sagt der Franz und nimmt es ihm aus der Hand. Das ist, er kratzt sich am Hinterkopf, das hatte mir die Ana mal aus Kanada mitgebracht. Dann gleich furt damit, wenn du nicht mal mehr weisst, was es ist, sagt der Fred und nimmt es ihm aus der Hand. Nein nein, sagt der Franz und nimmt es wieder zurück, das ist, er hält es in der Hand und dreht es auf alle

Seiten, das muss, das muss ein Kisac sein, ja, genau, ein Kisac ist das, ein Rahmbläser, das sieht man doch sofort, ein Rahmbläser, um Rahm drauf zu tun. Hier leert man den Rahm rein, macht zu, drückt die Patrone rein, hier, siehst du, schüttelst ein wenig und primaguat, und schon ist der Rahm pronto. Hm, sagt der Fred und zündet sich eine Zigarette an. Er trägt eine alte Skijacke. Das ist eine Rarität, sagt der Franz und hält den Kisac gegen das Licht, ein kanadisches Modell aus den Dreissigern, einer der ersten Kisacs überhaupt, eine Antiquität, eine Perle unter den Kisacs, so kostbare Stücke wegschmeissen, spinnst du eigentlich. Und das hier drüben am Boden, sagt der Fred und zeigt mit dem Fuss. Gestern Nacht hat sich die Magdalena wieder gemeldet, sagt der Franz. Ist das auch ein Kisac, fragt der Fred und zerknüllt das Zigarettenpäckchen.

Im Gefängnis. – Hast du nicht was an Zigaretten für mich, fragt der Fred. Was hast du in Gottsnamen angestellt, fragt der Franz und setzt sich vor der Glasscheibe hin. Neben ihm sitzt eine Frau mit einem schwarzen Hörer in der Hand und raucht Select. Schön, dass du mich besuchen kommst, sagt der Fred, vielleicht kommt die Maria auch, aber Zigaretten hättest du mir bringen können. Hast du einen umgebracht, fragt der Franz. Du musst in den Hörer rein reden, sonst verstehe ich dich nicht, sagt der Fred und hebt den Hörer hoch und zeigt mit dem

Finger auf die Sprechmuschel. Warum hast du nichts gesagt, bevor du einen erschlagen hast, sagt der Franz und steht auf. Der Hörer, sagt der Fred und hält ihn hoch, und setz dich wieder hin. Der Franz nimmt den Hörer vom Haken und hält ihn ans Ohr. Irgendwie kriegen wir dich schon wieder hier raus, flüstert er in den Hörer hinein, was hast du um Gottes Willen verbrochen? Ich habe den Abfallsack am Donnerstag rausgestellt anstatt am Freitag, sagt der Fred. Und dann, fragt der Franz. Das ist alles, sagt der Fred. Ja, genau, der Freddie sitzt in der Kiste mit Mördern und Vergewaltigern, weil er den Abfallsack einen Tag zu früh rausgestellt hat, sagt der Franz, was für ein Blödsinn! Der Wächter, der hinter dem Fred neben der Türe steht, schaut den Franz an und hebt das Kinn. Er trägt eine rote Mütze. Und daraufhin habe ich eine Rechnung über 150 Franken bekommen, sagt der Fred, und habe sie nicht bezahlt. Der Franz legt den Hörer vor sich auf die Ablage und schaut auf die Seite.

Der Fred klopft mit dem Hörer gegen die Glasscheibe und hebt ihn hoch. Der Franz nimmt den Hörer wieder in die Hand und hält ihn ans Ohr. So dass diese Holzköpfe mir eine Mahnung geschickt haben und mit Hafttagen gedroht haben, sagt der Fred, genau so stand es im Brief. Ich habe Hafttage mit einem roten Stift unterstrichen und dazugeschrieben, Gerne und Liebe Grüsse, F, und habe den Brief zurückgeschickt.

So dass man kurzen Prozess gemacht und mich in den Ofen gesteckt hat. Und jetzt bin ich hier, er lächelt. Du bist ein Idiot, sagt der Franz und schüttelt den Kopf. Das ändert auch nichts daran, dass die Maria fort ist, sagt der Fred, und kochen muss ich auch nicht. Wie ist das Essen, fragt der Franz. Gut, sagt der Fred. Bist du tätowiert, fragt der Franz. Nein, sagt der Fred. Und wie lange musst du noch bleiben, fragt der Franz. Bis Dienstag in einer Woche, sagt der Fred. Machst du Striche an die Wand, fragt der Franz. Nein, sagt der Fred. Musst du im Kreis gehen, fragt der Franz. Nein, sagt der Fred. Und bist du mit noch zehn anderen in eine Zelle gezwängt, fragt der Franz. Einzelzimmer, sagt der Fred, mit Fernseher, fast wie zu Hause, heute Vormittag habe ich Slalom geschaut.

Gerade über Weihnachten hättest du dich nicht in den Keller stecken lassen müssen, sagt der Franz. Du hast recht, Weihnachten ohne Zigaretten ist ein Saich, sagt der Fred. Aber so komme ich zwangsläufig an den Päckchen vorbei. Für mich gibt es nichts Schlimmeres, ausser noch Formulare und gelbe Gondeln. Was ist denn so schlimm daran, fragt der Franz. Der Maria habe ich vor drei Jahren einen Commodore 64 geschenkt, sagt der Fred. Aber das Kabel fehlte. Die nehmen halt viel Platz weg, sagt der Franz. Vorletztes Jahr schenkte ich ihr nichts, und letztes Jahr einen Holzhaufen, sagt der Fred, für das Cheminée halt.

Als Hase würde ich auch Karotten schenken, sagt der Franz. Aber die wirkliche Überraschung ist, dass der andere im Schrank hockt, sagt der Franz, bravo.

Der Wächter schaut auf die Uhr. Die weisse Bommel von seiner Mütze fällt nach vorne. Wenn sie dich wenigstens eingesperrt hätten wegen, du weisst schon, sagt der Franz. Wegen dem Diesel, fragt der Fred. Nicht so laut, sagt der Franz, das ist denk noch nicht verjährt. Das war eine schöne Zeit, sagt der Fred, die Maria tobte, dass ich endlich eine Arbeit finden solle, jiu, wie sie wütete, ich könne doch nicht ganze Wochen verschenken et cetera et cetera, damit sei noch nicht gegessen und so weiter, und wenn man irgendwann mal Familie haben wolle et cetera et cetera, ich solle endlich mal schauen, dass ich was Regelmässiges finde und so weiter, was für Orakel wir hatten oh Kopferteckel. Und an einem Tag bin ich nach Hause gekommen mit Tulpen und in einem huara Plausch und habe zu ihr gesagt, sagt der Fred, der Freddie habe jetzt eine Stelle, eine flotte Arbeit, er gehe in der Nacht mit dem Franz auf Baustellen und pumpe Diesel ab, der Franz habe extra eine Pumpe gebastelt, damit es schneller gehe, ruckzuck ginge das, und den Diesel verkauften sie an andere Firmen und das Geld teilten sie halb halb. Was für ein Gewitter das gegeben hat, er zieht den Kopf ein, da flogen die Tassen, und über den Boden gestreut lagen Scherben so viele wie Sterne am Himmel.

Da haben wir eine Zeit lang viele Kartoffeln eingefahren, sagt der Franz. Ich habe heute noch im Dachstock ein paar Konserven aus dieser Zeit, sagt der Fred, das hält gut inne. Bis der andere Tahani den Anhänger im Kreisel gekippt hat, sagt der Franz, wo ich dir doch gesagt hatte, du sollst wie die Leute fahren, aber der andere fährt wie der Fittipaldi. Ja wo, sagt der Fred, du hattest den Tank nicht gut festgebunden, so schwankte der hin und her und kippte samt Anhänger hin. Dreitausend Liter über den Asphalt hinweg, sagt der Franz, wenn sie uns in dieser Nacht erwischt hätten, oh dann Orapronobis. Irgendwo habe ich noch das Foto, das du vom Anhänger im Kreisel gemacht hast, sagt der Fred. Wenn du wenigstens deswegen auf dem Beichtstuhl sitzen würdest, sagt der Franz, das wäre noch zu verstehen.

Auf dem Sofa vor dem Fernseher, Lauberhornabfahrt. – Schon nicht zu verstehen, die fahren wie Spinner, sagt der Fred. Auf dem Fernseher steht eine Vase mit einer Blume. Die Blume ist vertrocknet. Der Franz macht den Fernseher lauter. Hundschopf, zackerzucker, wie Wahnsinnige jagen die über die Sprünge hinweg, sagt der Franz. Hoppla, sagt der Fred, der hier gewinnt heute nicht. Er trägt seine alte Skijacke. Dass du noch rauchen magst nach der letzten Nacht, sagt der Franz. Ab morgen rauche ich doppelt so viel, sagt der Fred. Ich habe einen Kopf wie einen Blechkübel, sagt der Franz. Trink noch mehr, sagt der Fred. Wer trinkt, darf auch betrunken sein, sagt der Franz. Aber dieser smalefix Whisky am Schluss, dieser MacDuff, der hat mich definitiv umgelegt. Er trägt eine weisse Schlafmütze. Sei froh, dass ich dich nach Hause getragen habe, sagt der Fred, aber du hast zugenommen, letztes Mal warst du noch nicht so schwer. Ich war auch nicht im Gefängnis, sagt der Franz. Danke noch für den Zitronencake, den du mir vorbeigebracht hast, sagt der Fred. Schon recht, sagt der Franz. Der Fred steht auf und zieht den Vorhang zu.

Ich habe geschlafen wie ein Brecheisen, sagt der Franz und kratzt sich am Oberarm. Mensch sein ermüdet, sagt der Fred. Er setzt sich hin. Ich habe geträumt, mein Vater habe mich erschossen, sagt der Fred, ich kniete, und er stand hinter mir und hielt mir den Lauf in den Nacken und pamf. Mit dem Niederjagdgewehr, fragt der Franz. Jo, Doppellauf, sagt der Fred. Mein Vater hat nur einen Arm, sagt der Franz. Rechts oder links, fragt der Fred. Rechts, sagt der Franz, ist aber Linkshänder. Der Fred gähnt, ah ja. Vergangene Woche hat die Magdalena einige Nächte hier geschlafen, sagt der Franz. Und am letzten Morgen, bevor sie gegangen ist, hat sie zu mir gesagt, du hast geschlafen wie ein Toter, das hat mir gefallen, wie ein Gekreuzigter hast du ausgesehen. Oh, jetzt hat er ein Tor ausgelassen, der arme Orthoped, sagt der Fred, wie ein Torpedo am Tor vorbei. Ja, der macht heute keinen Kranz.

Hinter dem Fernseher hängt ein schwarz-weisses Foto von zwei alten Männern, die einen Kühlschrank über eine Wiese tragen. Mal sehen, was der hier macht, sagt der Franz. Was für ein Pamfeli ist das unter diesem Helm, fragt der Fred. Erkennst du die Leute nicht, fragt der Franz. Wo alle doch die ganze Zeit neue Frisuren haben, sagt der Fred. Dann gehe ich durch die Stadt und weiss in Gottsnama nicht, wen ich kennen müsste und wen nicht, sagt der Fred. Aber wenigstens die Namen kannst du dir merken, fragt der Franz. Die Namen liegen kreuz und quer, sagt der Fred. Du scheinst wirklich auf den Kopf gefallen zu sein und nicht auf die Tatzen, sagt der Franz. Aber sobald ich weiss, wer vor mir steht, kann ich dir auf den Tag genau sagen, wann ich dieses Gesicht getroffen habe und wo und die ganze Szenerie runterleiern. Aber nicht mit Datum, fragt der Franz. Jahr, Tag, Uhrzeit plus minus eine Stunde, sagt der Fred. Wie ein Computer, sagt der Franz, nur dass er die Leute nicht erkennt. Ich habe Nasenbluten, sagt der Fred. Bestzeit, ruft der Franz.

Sacrament, was für steile Pisten, sagt der Franz. Mit der Maria war ich mal hier oben für ein paar Tage, sagt der Fred. In Wengen, fragt der Franz. Einen Sprung davon entfernt in einem Hotel, sagt der Fred. Und seitdem ziehst du deine Skijacke nicht mehr aus, fragt der Franz. Im Hotelkeller war eine alte Kegelbahn, sagt der Fred, drei Tage lang haben wir gekegelt, war ein harter Kampf, aber unentschieden am Schluss. Die Maria schmiss die Kugel rüber, dass es das Zeug fast in Scherben schlug, und nach drei Tagen hatte man Arme bis zu den Knien. Viel Glück haben sie heute nicht gehabt, unsere Rennfahrer, sagt der Franz und schaltet den Fernseher aus, chi va piano va sano e lontano. Was hast du hier für Hefte, sagt der Fred und nimmt eines vom Tisch. Die sind nicht von mir, sagt der Franz. Ja, schaust du dir Frauenmagazine an, fragt der Fred und blättert. Die sind von der Magdalena, sagt der Franz, hier kann man eine Menge lernen. Ihr Mann ist auf Geschäftsreise nach China. China sieht auf der Weltkarte aus wie ein Huhn, sagt der Fred und geht zum Kühlschrank.

In der Küche. – Sie kommen und gehen, sagt der Franz. Er trägt ein blaues Überkleid und Bergschuhe. Die Hosenbeine sind zu kurz. Der Fred raucht und macht Kaffee. Ich habe Lust auf was Rechtes, sagt der Franz. Öffnest den Heustall, und sie brennen dir das Heu aus, sagt der Fred und macht die Schränke auf. Der Kaffee ist immer noch dort drüben über dem Ofen, sagt der Franz, du musst ihn aber noch mahlen. Und dann hast du das Inferno, sagt der Fred und füllt Kaffeebohnen in die Mühle. Mit der Magdalena, das zermürbt, sagt der Franz, ist von arabischem Gemüt. Du brauchst eine, die die Zügel kurz hält, sagt der Fred und dreht an der Kurbel der Kaffeemühle. Trotzdem, sagt der Franz, gerade zerreiben sollte es einen auch nicht. Dir hat es den Ärmel reingenommen, sagt der Fred und füllt Kaffeepulver in die Espressokanne, bleibt nur eine Sorge. Ich mag mir nicht den Schädel zerbrechen. Das ist wie beim Schlitteln, Beine hoch und laufen lassen. Und wer bremst, bricht sich die Beine. Der Fred schraubt die Kanne zu.

Der Franz sitzt am Tisch und stellt Eier auf den Kopf. Er bückt sich nach vorne über die Tischkante und hält das Ei mit beiden Händen. Wenn sie nachher hier am Küchentisch sitzt, ist sie wunderschön, sagt er, während er versucht, das Ei aufzustellen, es gibt nichts Schöneres als der Blick einer Frau danach. Hinter ihm an der Wand hängt ein Bild von einem Domptör mit einem Tiger. Eier kann man trainieren, sagt der Fred. Er kommt an den Tisch und stellt das Ei mit einer Hand auf den Kopf, siehst du? Der Franz legt sein Ei auf die Seite und nimmt das Ei, das der Fred aufgestellt hat, in die Hand. Wart nur, das kann ich auch, sagt er und bückt sich runter zur Tischkante. Er zittert leicht. Gestern habe ich die Maria gesehen, sagt der Fred und dreht sich zur Herdplatte und schaltet sie ein, sie war mit einem anderen. Und, fragt der Franz und schaut auf. Es ist, als werde man von hinten erschossen, sagt der Fred.

Der Kaffee kocht. Der Fred nimmt ihn von der Herdplatte. Kannst ja nicht erwarten, dass sie ins Kloster geht, sagt der Franz. Weisst du, sagt der Fred und stützt sich auf den Tisch ab, ich will keine andere Frau, er nimmt dem Franz das Ei aus der Hand und stellt es auf, ich will nur die Maria. Der Franz nimmt ein neues Ei aus der Schachtel auf dem Tisch, Brot hart wie Stein, du beisst dir noch die Zähne aus, sagt der Franz. Der Fred zündet sich am Toaster eine Zigarette an und öffnet das Fenster. Aus den Kaminen auf den Dächern gegenüber raucht es. Ein Alltag ohne Maria ist wie Schmerzen ohne Bein, sagt der Fred und bläst den Rauch aus. Ja, wie ein Auto ohne Motor, gell, sagt der Franz und bückt sich nach vorne zum Tisch runter. Ein Lied ohne Strophen, sagt der Fred und trinkt vom Kaffee. Ein Friedhof ohne Gräber, sagt der Franz. Sie kommt wieder, sagt der Fred. O Fred, sagt der Franz und legt das Ei auf den Tisch, du siehst Geister. Gestern habe ich einen Geist in meiner Wohnung gesehen, sagt der Fred, er stand neben der Waschmaschine. Hast du eine Waschmaschine, fragt der Franz. Ich habe mir eine zu den Drei Königen geleistet und sie alleine die Treppe rauf in den zweiten Stock hoch und in die Wohnung rein geschafft, sagt der Fred. Hättest doch etwas sagen können, sagt der Franz. Es gibt Sachen, damit muss man alleine fertig werden, sagt der Fred. Andere sind von Waschmaschinen platt gedrückt worden, sagt der Franz. Das Ei rollt über den Tisch und fällt auf den Boden. Der Geist heisst Paul und wohnt in der Waschmaschine, sagt der Fred, er ist etwas durchsichtig und sagt nicht viel, aber das macht nichts.

Mit der Maria war ich letztes Jahr über Neujahr in Binn, sagt der Fred. Wo, fragt der Franz. Das ist kaum grösser als eine Schaufel Schnee, ein verschneites Schmugglernest, sagt der Fred, sechs Tage sassen wir fest im Hotel Ofarohr, es hörte nicht auf zu schneien. Da schlenderte der Herr Schmid durch die Gänge. Wer, fragt der Franz. Der Hoteldirektor selig, sagt der Fred. Zwei Gläser flogen von der Ablage, als wir am ersten Abend im Hotelbistro sassen, später zwei Tassen. Einfach so, fragt der Franz. Die Kellnerin ging hinter das Buffet, sagt der Fred, füllte ein Schnapsglas und schüttete den Schnaps zum Fenster raus. Der Herr Schmid braucht seinen Schnaps, sagte sie und setzte sich wieder hin. Dann hat der Herr Schmid Ruhe gegeben. Ach Saich, sagt der Franz. Zwischendurch ging die Kellnerin nach hinten in den grossen Ballsaal und spielte auf dem Flügel, das beruhige den Herrn Schmid. Der Franz schaltet den Globus auf dem Tisch ein. Am liebsten hätte ich sie auf der Stelle gepackt, sagt der Fred. Die Kellnerin, fragt der Franz. Magnetisch, wie verhext, sagt der Fred. Wo du doch nur die Maria im Kopf hattest, sagt der Franz. Dort oben nicht, sagt der Fred.

Auf dem Sessellift. – Wie lange hängen wir schon hier oben, fragt der Franz. Zwei Stunden und ein paar Groschen, sagt der Fred. Und um runterzuspringen ist es immer noch zu hoch, fragt der Franz. Kannst ja versuchen, sagt der Fred, brichst dir die Beine.

Hast du keine Angst, fragt der Franz. Doch, sagt der Fred. Porca miseria, sagt der Franz, einfach den Sessel am Abend mit Leuten drauf abschalten. Bei diesem Nebel, sagt der Fred, das passiert, ist sicher nicht böse gemeint. Es wird langsam kalt, ha, sagt der Franz und zieht den Reissverschluss seiner Jacke ganz hoch. Er trägt einen Lupo und eine Pilotenbrille. Auf dem Gotthard im Militär war es kälter, sagt der Fred, wann, fragt der Franz, am ersten August frühmorgens um sieben, sagt der Fred, als es schneite und stürmte und du mit offenem Hosenladen aus dem Hinterhalt kamst, du könnest den Kiosk nicht mehr zumachen. Huara Apothekers, sagt der Franz und zieht an den Ohren von seinem Lupo, einfach hängen lassen, und sie sind unten in der Pinte am Gold, und wir hängen hier oben wie zwei Globis. Du wolltest unbedingt Ski fahren, sagt der Fred, von mir aus hätten wir ruhig in der warmen Stube bleiben können. Kannst doch nicht ganze Tage herumliegen und der Maria nachhängen, sagt der Franz. Wer auf einem toten Gaul sitzt, der soll absteigen. Der Fred schaut nach oben. Huara Cleppers, flucht der Franz, das wäre ein etwas einfaches Ende. Das Ende kann man sich nicht aussuchen, sagt der Fred. Aber immerhin ein bisschen würdiger dürfte es sein, sagt der Franz. Hier, rauch eine, sagt der Fred und streckt ihm eine Zigarette hin.

Der Franz bläst den Rauch aus. Wie willst du gehen, fragt der Fred. Sterben, fragt der Franz. Wenn du wählen dürftest, sagt der Fred. Ich will nicht sterben, sagt der Franz. Auch du wirst irgendwann abdanken müssen, sagt der Fred, wenn du also wählen dürftest. Mit ein bisschen mehr Glamour, sagt der Franz. Er umfasst den Sicherheitsbügel. Und dieser alte Sessel, hält der uns auch, fragt der Franz. Nicht zappeln, sagt der Fred, dann sollte der schon halten, obwohl, es fallen immer wieder Sessel runter. Und dann brechen wir uns das Genick, sagt der Franz. Gut möglich, sagt der Fred. Er trägt eine Skibrille. Die Brillengläser sind orange. Hier, nimm vom Schnaps, sagt der Fred und holt eine Flasche aus der Innentasche. Danke, sagt der Franz und trinkt. Ich wollte noch den Fernsprecher mitnehmen, sagt der Fred, aber du hast mich beinahe gehängt, auf der Piste brauche man diesen Climbim nicht. Sonst hättest du wieder der Maria geschrieben, sagt der Franz. Er beugt sich etwas nach vorne und schaut nach unten. O was für eine heilige Höhe, sagt er, siehst ja nicht mal mehr den Boden. Er schaut wieder nach oben. Wie die Leere aushalten, das ist die Kardinalfrage, sagt der Fred. Der Franz trinkt. Das gibt Halt, sagt der Fred und nimmt dem Franz die Flasche aus der Hand. Ich habe immer ein Seil dabei, man weiss nie, ob man plötzlich eines braucht, sagt der Franz, aber gerade heute habe ich es nicht mit.

Ahh, leer, sagt der Franz und dreht die Flasche mit dem Kopf nach unten. Er wirft die Flasche runter in den Nebel. Der Fred nimmt eine neue Flasche aus der Innentasche, heute müssen wir anstossen. Ah Jessesgott, du hast ja heute Geburtstag, sagt der Franz, auguri amigo, auguri, sagt er und umarmt den Fred. Grazie mille, sagt der Fred, aber zapple nicht so fest. Was wünschst du dir, fragt der Franz. Krücken und eine Brille, aber mit Scheiben, sagt der Fred. Trink, sagt der Franz. Du trinkst zuerst, sagt der Fred und gibt ihm die Flasche. Auf dich, sagt der Franz und trinkt, prima Gsöff. Am Tag sterben, an dem man geboren ist, das ist konsequent. Vorletztes Jahr habe ich der Maria zum Geburtstag eine Schwarzwäldertorte gebastelt, sagt der Fred, eine wie ein Pneu. Dann müssten wir eigentlich singen, sagt der Franz. Singen, bevor es dunkel wird, sagt der Fred. Kannst du singen, fragt der Franz. Nein, sagt der Fred, meine musikalische Karriere ist kurz, zwei Jahre als Keckerli in der Dorfkappelle. Posaune, fragt der Franz. Pauke, sagt der Fred. Ah ja, sagt der Franz und schaut nach vorne. Wenn die Maria Akkordeon spielt, trägt es dich weit fort von hier, sagt der Fred. Ich hatte mal ein Haudri mit einer Organistin, sagt der Franz, sie hatte Haare schwarz wie Pech und zarte Handgelenke, den Rücken kerzengerade sass sie vor der Orgel und wütete. Ich sage dir, das macht schon noch Eindruck, wenn eine eine ganze Armee an Pfeifen befiehlt. Und wenn sie wirklich forte fortissimo spielte, drückte es dich gleich hinten raus.

Zwei drei Flaschen hätte ich sonst schon noch dabei, sagt der Fred und holt eine nach der anderen aus seinen Jackentaschen, da wäre mal eine Agua ardiente aus Mexico, dann ein Kirsch aus Vättis, der ist dann gut, halt mal, er gibt sie dem Franz, und dann noch eine Olsen. Spinnst du, eine Olsen, ruft der Franz und strahlt, du bist ein König.

In der Pizzeria. – Viva, sagt der Franz und hebt sein Bier. Die beste Pizza habe ich mit der Maria gehabt an der italienischen Küste vor Finale, sagt der Fred, die war gratis. Das ist wirklich nicht teuer, sagt der Franz und zieht die Hosenträger nach, aber nimm trotzdem deinen Sombrero runter. Und die Skijacke kannst du auch ausziehen, wo doch schon der Frühling draussen im Flur steht. Am Nebentisch sitzt ein Mann in einem Anzug und kämmt sich die Haare. Putz dich mal ordentlich raus und fahr irgendwohin, sagt der Franz. Er trägt einen Hut. Wohin, fragt der Fred und schaut auf. Hoch nach Binn, von mir aus, ins Ofarohr, sagt der Franz, bleibst ein paar Tage dort oben und gehst jagen. Der Fred lächelt den Franz an. Er raucht. Nicht die Eier hängen lassen, Freddie, sagt der Franz, du landest noch bei den Narren.

Der Fred zeichnet mit einem Kugelschreiber auf den Bierdeckel. Du lebst wie ein Mönch, sagt der Franz und hebt das leere Glas zum Kellner. Eine meiner Grosstanten war Nonne im Kloster an der Grenze, sagt der Fred und drückt die Zigarette aus, sie fuhr eine Ente und hatte einen Koffer mit doppeltem Boden, fürs Brandwasser. Er schaut zur Tür. Ein Mann mit einem Pelzmantel und einer Lederhandtasche mit Verschluss kommt zur Tür rein. Den vielen Segen nach, sagt der Fred, die sie den Zöllnern dort unten erteilt hat, müssten die eigentlich alle heilig gesprochen werden. Der Franz hebt den Kopf und schaut zur Bar. Ist dann auch mit einem Zöllner durchgebrannt, sagt der Fred. Fahr ein bisschen hoch in die Berge, sagt der Franz, und mach dabei das Fenster auf, das windet dir das Böse aus dem Kanister. Mein Fiat hat platt, sagt der Fred. Kannst ja stöppeln, sagt der Franz, andere sind durchs ganze Leben per Anhalter. Er hebt die Hand zum Kellner. So wie der Bruader aus dem Kloster, der die Orgel spielte, sagt der Franz. Noch bevor seine Lokomotive ausgeatmet hatte und die Rohre abgekühlt waren, stand er unten an der Strasse mit der Fischerrute und streckte den Daumen raus. Den habe ich auch schon mitgenommen, sagt der Fred. Das zweite Mal hat er nicht mehr einsteigen wollen, aber er bete für mich. Das dauert ewig bis diese Pizza kommt, sagt der Franz.

Der Franz steckt seine Taschenuhr aus Silber weg. Du hast das Ziehen, sagt der Fred, aber iss noch kräftig davor, mit leerem Magen siehst du plötzlich Sterne. Kannst ja unten liegen, sagt der Franz, diese Woche müsste ich sowieso fasten. Die Magdalena ist krank und ihre Katze ist vorgestern gestorben. Bring ihr Pralinen und Ponstan 500, sagt der Fred und legt den Kugelschreiber auf den Tisch. Der Franz kramt sein Handy aus seiner Hosentasche. Ein Blechteil fällt auf den Holzboden. Der Fred nimmt es auf. Was ist das, fragt er und dreht es in der Hand. Was, fragt der Franz. Das, sagt der Fred und hält es hoch. Das habe ich erfunden, sagt der Franz und steckt sein Handy weg. Und was wäre das, wenn ich fragen darf, sagt der Fred. Ein Schlüsseltrichter ist das denk, sagt der Franz. Er nimmt es ihm aus der Hand. Schau, sagt der Franz, dieser Haken hier, das ist die Aufhängevorrichtung, damit hängst du den Trichter an die Türklinke, so, er macht es am Tischbein vor, siehst du, und zwar mit der Verengung vom Trichter genau auf das Schlüsselloch. Der Fred beugt sich auf die Seite und schaut in den Trichter rein. Dann nimmst du den Schlüssel und steckst ihn in den Trichter rein und zac, eine Linie ins Schlüsselloch. Hm, sagt der Fred, aber wozu man sowas braucht? Das habe ich ab heute immer dabei, sagt der Franz, kann ja sein, dass man es in der Nacht nicht schafft, den Schlüssel ins Schlüsselloch zu stecken. Und damit kommt man immer zur Türe rein, egal ob es schifft, hagelt oder schneit. Hm, sagt der Fred.

Meinst du, dass wir selber rausgehen müssen, um diese Pizza zu montieren, sagt der Franz und kratzt sich mit der Gabel am Nacken. Hier zieht's, sagt der Fred. Wirklich krank war ich nur ein Mal, sagt der Franz, nach deinem Geburtstag. Ich habe so fest husten müssen, dass mir fast der Ellenbogen abgebrochen ist. Sei froh, dass der Bauer uns gehört hat, sagt der Fred. Bei dem Karneval, den wir auf diesem Sessel gemacht haben, sagt der Franz. Das war ein schöner Geburtstag, sagt der Fred. Ich dachte schon, es sei ausgetrunken, sagt der Franz. Wenn schon untergehen, dann richtig, mit Pomp und Posaunen, sagt der Fred. Hailanzack, sagt der Franz, ich hatte eine royale Baracca beisammen. Pardon, sagt er, als der Kellner vorbeigeht. Diese Flasche macht das extra, noch vor Hunger verrecken, Kopfertelli, sagt der Franz und steht auf. Lass den Revolver stecken, sagt der Fred.

In der Stadt, Fussgängerzone. – Wie hast du das gemacht, fragt der Franz. Was, fragt der Fred. Du hast die Nussgipfeli nicht bezahlt, sagt der Franz. Und dann, fragt der Fred. Was und dann, sagt der Franz, bis heute haben die Nussgipfeli noch immer gekostet. Sie hat sie mir geschenkt, sagt der Fred, da drin habe ich noch nie bezahlt. Ja wo, sagt der Franz, der Herr hier bekommt also Nussgipfeli à discrétion? Auch Brot und Apfeltaschen, sagt der Fred. Andere krampfen sich den Rücken kaputt für ein Stück Brot, sagt der Franz, und der hier geht zur Türe rein und raus wie ein Bischof. Der Fred trägt seine Skijacke und die grüne Kappe. Die ist denn hübsch, die Bäckerin, sagt der Franz. Ich weiss, sagt der Fred. Schöne Schultern, sagt der Franz. Graziös, gell, sagt der Fred. Es könnte manchmal so einfach sein, sagt der Franz. Gell, sagt der Fred.

Mit der Magdalena ist zur Zeit nichts einfach, sagt der Franz. Ich dachte, es sei finis, sagt der Fred. Sie macht Regenwetter, sagt der Franz. Hat sie dich in Handschellen gelegt, fragt der Fred. Ach, das macht mir nichts aus, sagt der Franz, aber weisst du, wir haben andauernd ein Gschtürm. Einerseits ist sie mit ihrem Mann, und wenn sie mich dann fragt, ob ich denn auch im Stall bleibe, sage ich eben, oh, etwas Betrieb hätte ich halt schon, und dann ist es auch nicht in Ordnung. Er trägt ein Holzfällerhemd und ein Stirnband. Aber gleich Stein für Brot halten wollen wir auch nicht, sagt er, ich wüsste nicht warum. Manchmal ist es besser, sich tot zu stellen, sagt der Fred. Gut, also grad alles erzähle ich ihr jetzt auch nicht, sagt der Franz. Aber sobald du zugibst, werden die Winde rauer. Und wenn du ihr etwas Holz zum Hacken geben würdest, sagt der Fred. Und nachher geht sie und schlägt die Türe zu, dass sie fast aus der Fassung fällt, sagt der Franz, und du fühlst dich drei Tage lang wie ein Sieb. Willst du Kandiszucker, fragt der Fred und hält dem Franz das Päckchen hin. Der Franz steckt sich einen Kandis in den Mund, alles müsste man gelten lassen und schweigen wie in der Kirche. Der Fred zündet sich eine Zigarette an. Andererseits ist es auch schön, sagt der Franz, kürzlich ist sie zur Türe reingekommen ohne Gruss und mit der Hand mir eine Linie in die Hose und hat den Lumpen rausgeholt.

Es ist bedeckt. Sie stehen beim Lichtsignal. Der Franz richtet sein Stirnband. Der Fred macht den Reissverschluss seiner Skijacke bis oben zu. War das nicht gerade die Maria im Bus, fragt der Franz. Doch, sagt der Fred und zieht die Kappe über die Ohren. Geht's, fragt der Franz. Na ja, sagt der Fred, solala. Es wird grün. Komm, trag den Baum, sagt der Franz, wir gehen weiter. Sie überqueren die Strasse. Ein eisiger Wind, jedes Mal, wenn ich sie sehe, sagt der Fred. Prima Nussgipfeli, sagt der Franz mit vollem Mund. Er bleibt auf dem Trottoir stehen. Schon nicht zu verstehen, sagt er und zeigt mit dem Nussgipfeli, fahren afängs herum mit Wagen gross wie Heulader. Ob das denn glücklich macht, sag du, er beisst ab und dreht sich wieder zum Fred. So einen dieser Panzer hat auch der Mann der Magdalena ihr geschenkt, die haben im Holzschuppen einen Esel, der scheisst Gold. Letzte Nacht trug sie Unterwäsche teuer wie drei Schreinerlöhne.

Heute Morgen habe ich der Maria eine Postkarte zum Geburtstag geschickt, sagt der Fred und macht seine Skijacke auf. Wann hat sie, am Samstag, fragt der Franz. Im November, sagt der Fred. Wo wir doch schon bis zur Hüfte im Frühling stehen, sagt der

Franz. Die Einsamkeit ist ein Schimpanse, habe ich hinten drauf geschrieben, sagt der Fred. Und was war vorne drauf, fragt der Franz. Der Sorbas, sagt der Fred, Alexis, fragt der Franz, ganz genau, sagt der Fred. Der Franz zerknüllt den Papiersack der Nussgipfeli. Er wirft ihn und verfehlt den Abfalleimer. Der Fred bleibt stehen. Hier oben an der Bar vom Grand Hotel habe ich die Maria kennengelernt, sagt er und nimmt die Kappe runter. Er schaut am Gebäude hoch. Sie ist jetzt eine andere, sagt der Franz. Sie stand an der Bar, und rundherum stand alles still, sagt der Fred, so dass ich mir ein grosses Bier über den Kopf geleert habe. Ach, sagt der Franz. Sie stand da und schaute, wie in Zeitlupe, und mir tropfte es von den Haaren. Eine alte Frau mit dicker Brille fährt in einem VW Käfer wie eine Rakete vorbei. Was für einen Lärm dieser Käfer macht, sagt der Franz und schaut dem Auto nach. Fessle mich an den Pfosten, sagt der Fred. Ich hätte Lust auf ein Bier, sagt der Franz.

Hier oben in der Bar vom Grand habe ich mal eine Frau mit einem Porsche kennengelernt, sagt der Franz, gerade bevor ich zum ersten Mal den Ausweis hatte abgeben müssen. Da hatte ich noch den Volvo, den blauen. Ein Volvo lang wie ein Leichenwagen, sagt der Fred. Auf jeden Fall, sagt der Franz, Fé hiess sie, eine Portugiesin, war ein süffiger Abend gewesen, und gerade mit leerem Magen wollte ich auch nicht ins Bett. Sie hatte gesagt, ich solle doch zu ihr kommen, sie fahre vor, und ich war schon in Vorfreude, so sind wir raus in die Autos, ich in den Volvo, und sie vorne im Porsche hat Gas gegeben und furt. Nie mehr gesehen.

Soli, jetzt sollten wir uns etwas beeilen, sagt der Franz und steckt seine Taschenuhr aus Silber in die Hosentasche, sonst begraben sie den Calöri noch ohne uns. Er würde es uns sicher übel nehmen. Das ertrug er schlecht, wenn man zu spät zur Schulstube reinkam, das lupfte ihm den Deckel sofort. Der Fred setzt sich seine Kappe auf. Hatte halt eine flatterige Hand, sagt der Franz. Nach der Schule schossen wir Penaltis um die Hausaufgaben. Da war er fair, sagt der Fred. Einer von uns musste ins Tor, und er schoss drei Penaltis, sagt der Franz, wenn er mindestens zwei versenkte, hatten wir Hausaufgaben, und sonst nicht. Das ist wirklich fair, sagt der Fred. Der andere ist schon vor Jahren abgelegen, sagt der Franz, der ging nie in die Kirche, und sogar an seiner Beerdigung hat man ihn in die Kirche tragen müssen. Ich bin schon seit einer halben Ewigkeit nicht mehr hoch ins Dorf gefahren, sagt der Franz. Auch dort oben gibt es keine Hasen ohne Ohren, sagt der Fred. Wo hast du parkiert, fragt der Franz. Hinter dem Bahnhof, sagt der Fred. Der Franz macht seine Regenjacke zu. Am schönsten ist es in der Stadt, wenn es bewölkt ist, sagt der Fred.

Am Rheinufer. – Es fängt sicher bald an zu regnen, sagt der Franz und streckt die Hand aus. Ich ziehe die

Gewitter dem Sonnenschein vor, sagt der Fred. Der Franz steht barfuss im Fluss und fischt. Die Hosen hat er bis zu den Knien hochgekrempelt. Das war ein flottes Begräbnis letzthin, sagt der Franz. Er hat Schluckauf. Und was für eine Unmenge an Blumen das hatte, sagt der Franz, das hätte für drei Begräbnisse gereicht. Gerecht wird das halt nicht verteilt, sagt der Fred. Er holt eine Flasche Rotwein aus dem Plastiksack. Eine rechte Polonaise haben sie zur Kirche rein gemacht, sagt der Franz und hickst. Der Fred lacht. Das ist nicht lustig, sagt der Franz. Ich lache ja gar nicht, sagt der Fred und macht die Flasche auf. Der Franz hickst und kurbelt. Hundert Jahre Hitzki, sagt der Fred und hebt die Flasche hoch, auf dich. Die Dorfkapelle hat auch schön gespielt, sagt der Franz, ich mag das halt, wenn sie Choräle spielen, er hickst. Il grond kunscht dalla veta ei la mort, sagt der Fred. Die grosse Kunst des Lebens ist der Tod, wiederholt der Franz. Früher oder später müssen alle hier durch, er hickst, da kommt niemand dran vorbei. Nur wichtig, sagt er, dass man den Toten sofort die Beine zusammenbindet, er hickst, und die Taschen zunäht. Und den Kopf nach Osten ausrichtet, sagt der Fred.

Die Angelspitze zuckt, der Franz hickst. Du musst singen, sagt der Fred und reisst eine Schweinsblume zwischen den Steinen aus, dann vergeht der Schluckauf. Meinst du, sagt der Franz und schaut ihn an, er hickst. Der Fred riecht an der Schweinsblume und wirft sie in den Rhein. Der Franz summt ein Kirchenlied und schaut der Schweinsblume nach. Der Fred stupft den Franz mit der Weinflasche an. Der Franz trinkt, ahh, und fährt mit dem Ärmel über den Mund, er hickst. Aber etwas ausgeartet ist es am Schluss beim Totenmahl vom Scolasticus, sagt der Franz, da waren ein paar gut in Schuss. Er hickst. Allen voran der alte Abwart. Der geht sicher auch bald gegen die hundertzwanzig, sagt der Fred. Talent zum Sterben hat der halt nicht, sagt der Franz. Der macht sich nicht mal mehr die Mühe, an die Abdankung der anderen zu kommen, der geht direkt ans Totenmahl. Er gibt dem Fred die Weinflasche. Auch der Pfarrer, der alte Knochen, hat in aller Würde zugelangt, sagt der Franz. Da waren noch andere am nächsten Morgen erstaunt, dass sie wieder aufgestanden sind, sagt der Fred. Die kleinen Tode, sagt der Franz. Les petites morts, sagt der Fred. Warum redest du so leise, fragt der Franz. Die Fische hören mit, sagt der Fred. Oha, sagt der Franz, jetzt ist mir einer entwischt, aber man fischt ja nicht nur, um Fische zu fangen, schon die Rute ein bisschen reinhalten tut gut. Der Fred trinkt. Der Schluckauf hat aufgehört, sagt der Franz und lächelt.

Unten in Spanien, nachdem die Ana gegangen war, traf ich auf die Soledad, sagt der Franz und fasst sich an den Fischerhut. Sie wohnte in einem Schrank unter dem Dach und wollte, dass ich Französisch rede, während wir miteinander schliefen. Der Fred trinkt. Wo ich doch den ganzen Abend lang geschwiegen hatte wie ein Grab. Und sobald die Zahnräder in Bewegung kamen, fing es ihr an zu reden. Er kurbelt. Du heiliger Petrus, da hatte ich den Fang gemacht, sagt er, ich kann doch kein Französisch. So stotterte ich halt die paar Wörter, die man uns eingeprügelt hatte in der Schule, vor mich hin, so gut es halt ging, um eine Freude zu machen, während ich sie nahm. Hättest ja Romanisch reden können, sagt der Fred. Stimmt, sagt der Franz, anstatt sich mit dem Französischen zu kreuzigen. So hätte jeder sein Gaudi gehabt.

Der Franz zieht die Fischerrute ein, heuer sind sie etwas früher dran als die anderen Jahre, sagt er und wartet, bis das Ruderboot mit den Blechbläsern vorbei ist. Er schaut ihnen nach. Der Fred steckt einen Zettel in die leere Weinflasche und drückt den Korken rein. Der Franz schaut zum Himmel. Es riecht nach Regen, sagt der Franz, der Himmel ist undicht, bald kippt Petrus den Schalter um und öffnet die Schleusen, das ist Fischerwetter. Er macht zwei Schritte in den Fluss hinein. Wenn es regnet, hängen die Leute die Seelen ans Fenster, sagt der Fred und schmeisst die Weinflasche in den Fluss. Aber so lange der Ventilator eingeschaltet bleibt, regnet es nicht. Dann wollen wir mal sehen, sagt der Franz und wirft die Rute aus. Eine rechte Forelle, für die Magdalena, das wäre was, sagt er und hickst wieder. Bis jetzt habe ich nur Opfergaben für die armen Seelen gefangen.

In den Steilhängen vom Rothorn. – Der Hund springt hoch und beisst sich an den Kuhschwänzen fest und lässt sich nachziehen. Die Kühe verschwinden um den Hügel oberhalb von einer Berghütte. Vor der Berghütte steht ein nackter Mann und hackt Holz. Die Sonne brennt. Steiler als der Kreuzweg, sagt der Fred und bleibt stehen, er fasst sich an seine grüne Kappe, komm, wir gehen wieder nach Hause. Nüt gits, sagt der Franz und packt ihn hinten am Jackenkragen, die Höhe tut dir gut, hier oben bläst es dir zünftig den Staub aus dem Hirn, und danach bist du wieder heiter wie ein Jodler. Er trägt einen Tubelihut. Eine Gondel schwebt über sie hinweg. Der Franz schaut hoch und zeigt mit der Schnapsflasche auf die Gondel, aber dafür ist der Missiör halt zu nobel. In Gondeln steige ich nicht, sagt der Fred. Mit der Maria war ich im Tessin, bevor sie mir ab ist, da musste man mit einer Gondel gelb wie ein Postauto fahren. Die Tage darauf bin ich zu Fuss gegangen. Die Maria hatte ihren Plausch am Gondeln, und ich lief den steilen Pfad hinauf wie ein Esel. Kopfrechnen, sagt der Franz, das hilft gegen die Höhe. Hier, nimm einen Schluck vom Berggeist, sagt er und streckt ihm die Schnapsflasche hin, das treibt uns die Hänge hoch wie Gämse.

Ein Mann mit einem Bart wie eine Schaufel hinkt ihnen von oben herab entgegen. Auf dem Rücken trägt er eine Basstuba. Er hebt im Vorbeigehen den Hut. Ein Tag so schön wie ein Gedicht, sagt der Franz und atmet tief ein und streckt die Arme auf die Seiten. Ihr würde es hier oben gefallen, sagt der Fred. Es würde noch vielen hier oben gefallen, sagt der Franz. Ein Tag klar wie Glas, sagt er und fasst den Hut an der Krempe, man sieht bei dieser Sicht beinahe bis runter nach Kroatien. Aber dafür müsste man den Hut abnehmen, sagt der Fred. Ein majestätischer Sommer, was, sagt der Franz. Sein Handy klingelt. Er kramt es aus dem Hosensack. Die Magdalena, sagt er und klemmt ab, ich mag jetzt nicht. Er steckt das Handy wieder weg. Der Sommer ist ein grün gefärbter Winter, sagt der Fred. Das hat was Celestiales, ha, sagt der Franz und schaut über die Berggipfel hinweg, sobald du unten aus dem dunklen Tunnel kommst, reisst der Himmel auf, als spielte Gott einen Akkord und seine Glamour-Girls tanzten dazu. Der Franz schaut über die Hügel und die Hänge bis hinüber zum Weiher. Unterhalb vom Weiher in der Wiese ist eine Badewanne. In der Badewanne liegt eine Frau und liest die Zeitung.

Wandern, sagt der Fred, ich wüsste nicht warum, etwas Dümmeres hätte dir nicht einfallen können. Der Franz lächelt, kannst ja nicht herumliegen den ganzen Tag, sagt er, wer ein Herz aus Blech hat, muss in die Höhe. Ich war nur ein Mal wandern, sagt der Fred, mit der Maria. Ein Helikopter ist über uns hinweggeflogen, und eine Kuh hat unseren Zmittag gegessen, während wir in einer Wiese lagen und uns liebten. Danach haben wir uns verlaufen. Nach Mitternacht waren wir zu Hause, und die Füsse brannten, als wäre man den ganzen Tag barfuss über den Asphalt gelaufen. Der Franz zieht die Wanderschuhe aus, das tut gut, dieser frische Bergwind, der streichelt einem über die Fusssohlen, dass es dich bis in den Hals kitzelt. Hast du keine Blasen an den Füssen, fragt der Fred. Er trägt Turnschuhe. Nix, Schuhe bequem wie Stubenfinken, sagt der Franz. Die sind ja noch nass, sagt der Fred und zeigt auf die Wanderschuhe vom Franz. Am Abend, bevor man wandern geht, muss man mit den neuen Schuhen in die Badewanne, sagt der Franz. Und am nächsten Tag die Socken auf den Fersen mit Schampoo einreiben, bis es schäumt, dann hast du keine Blasen. Der Fred schaut den Hang hinauf. Zuoberst auf dem Grat sitzen zwei Hirten in blauen Überkleidern und schauen auf sie runter. Sie winken.

Der Franz schaut in den Abgrund, madonna mia, sagt er, das ist Rock'n'Roll, wer hier runterfällt, der ist ganz fest tot. Das Wasser spritzt an den Felswänden hoch. Über den Bach führen zwei Bretter. Der Franz balanciert auf die andere Seite rüber. Komm, ruft er dem Fred zu und winkt, das ist nur ein Gump.

Der Fred packt eine rote Büchse aus seinem weissen Plastiksack. Eutra steht darauf geschrieben. Was machst du da, ruft der Franz, was ist das? Melkfett, ruft der Fred, diese Büchse ist noch von der Maria. Es hallt in den Felswänden. Er streicht sich davon auf die Augenbrauen, damit der Schweiss uns nicht in die Augen rinnt und brennt beim Wandern, ruft er. Komm endlich, ruft der Franz, und vergiss mal für einen Augenblick die Maria. Der Fred lächelt, vielleicht kommt sie ja wieder, ruft er und winkt. Der Franz nimmt seinen Tubelihut vom Kopf und greift sich in die roten Haare. Freddie, ruft er, du reisst Blumen von den Gräbern. Sieh mal, ruft der Fred und zeigt mit dem Finger.

Auf dem Hüttendach beim Frühstücken. – Am Himmel hängen Wolkenfetzen. Der Franz klopft gegen das Glas vom Hygrometer. Ein paar Gebete aufsagen, damit das Wetter auch hält, sagt der Franz. Das Wetter steht einem bei, sagt der Fred und nimmt den Kaffeekrug in die Hand. Gehst du runter für die Butter, fragt der Franz. Geh du runter, sagt der Fred. Ich habe nichts dagegen, wenn du runtergehst, sagt der Franz und nimmt seine Sonnenbrille ab. Ich gehe nicht gerne runter, sagt der Fred. Er hat seine grüne Kappe an. Ich trage gerne meine alte Skijacke, ich schäle gerne Kartoffen und Zwiebeln, und wie unsere Grossväter das Brot hielten, wenn sie es schnitten, vergesse ich auch nicht, aber vom Dach runter für die Butter gehe ich nicht gerne. Die Butter ist nicht unten in Rom, sagt der Franz, sie ist nur unten in der Hütte. Nein, sagt der Fred. Doch, sagt der Franz. Nein ist ein ganzer Satz, sagt der Fred und kreuzt die Arme. Dann müssen wir eben die Oberen entscheiden lassen, sagt der Franz und holt eine Münze aus der Hosentasche. Du verlierst, sagt der Fred. Kopf oder Zahl, fragt der Franz und hält die Münze zwischen den Fingern und schaut den Fred an. Die Münze glänzt in der Sonne. Kopf, sagt der Fred. Der Franz legt die Münze auf den Daumenrücken und wirft sie hoch.

Und nimm gleich noch den Käse hoch, ruft der Fred vom Dach runter. Wenn die Affen in der Höhe sind, sagt der Franz und steigt die Leiter hoch. Er trägt ein schwarzes Poloshirt. Wenn die Affen in die Höhe klettern, sagt man, sagt der Fred. Er hat einen Schraubenzieher in der Hand. Vor ihm auf dem Tisch ist ein Radiowecker. Der Franz stellt den Käse und die Butter auf den Tisch. Ich habe der Maria eine Postkarte geschrieben, sagt der Fred und schraubt. Hört das denn nie auf, fragt der Franz. Und einen Korb Äpfel habe ich ihr auch noch geschickt, sagt der Fred, mit Option auf einen zweiten. Und was hast du ihr wieder geschrieben, fragt der Franz. Ich habe schon lange nicht mehr nur an dich gedacht, sagt der Fred. Aber das stimmt doch gar nicht, sagt der Franz. Das macht nichts, sagt der Fred. Er steckt den Schraubenzieher dem Radiowecker in die Seite und knackst ihn auf wie eine Nuss. Glauben macht selig, sagt der Franz. Du hast gesagt, ich soll einen Ritus machen, sagt der Fred, um sie fliegen zu lassen, vualà. Und jetzt hat sie auch noch Äpfel für eine ganze Woche. Frieden schliessen mit den Geistern, sagt der Franz. Er schneidet ein Stück Wurst ab. Am liebsten hätte ich ein Klavier angezündet, einen Flügel, sagt der Fred, aber das wäre ein bisschen teuer geworden. Nachdem die Ana gegangen war, sagt der Franz, habe ich alles, was mich an sie erinnerte, den ganzen huara Plunder, hinter dem Haus aufgeschichtet, Benzin drüber geleert und angezündet. Und die Kiste, fragt der Fred. Gut, diese schöne Kiste, sagt der Franz, wäre ja schade gewesen. Und der Kisac, fragt der Fred. Gut, der Kisac auch nicht, sagt der Franz und verwirft die Hände.

Ein schwarzer Schmetterling fliegt über den Tisch. Der Franz nimmt zwei Löffel aus der Hosentasche und legt sie auf den Tisch. Früher trug noch jeder seinen Löffel im Hut, sagt der Franz, und wenn es ums Essen ging, nahm man den Löffel vom Hut und spachtelte los. Nach dem Essen strich man den Löffel am Hosenbein ab und steckte ihn wieder hoch in den Hut. Ausgenommen im Tirol, sagt der Fred, dort steckte man den Löffel in die Hosentasche. Je nachdem, wie gross der Löffel, desto grösser die Hosentasche, sagt der Franz. Und wenn es so weit war, gab man den

Löffel ab. Ein Mann mit nacktem Oberkörper geht an der Hütte vorbei. Auf den Rücken hat er eine Tafel gross wie eine Stalltüre gebunden.

Ab Mitternacht war wieder still, ha, sagt der Franz und legt den Feldstecher auf den Tisch, eine sternenklare Sache, aber davor hat es gekracht und geschüttet für drei Jahrzehnte, es hat beinahe den Himmel auseinandergerissen. In der Wiese liegt ein alter Sessellift. Er ist blau. Der Fred nimmt die Zange und reisst an den Kabeln. Im Mund hat er eine Zigarette. Das Material überlebt uns, sagt der Fred und zieht an der Zigarette. Asche fällt runter auf seinen Kittel. Der Franz nimmt das Brot in die Hand. Jetzt mach mal eine Pause, sagt der Franz, und leg die Kröte weg, da klopfen wir morgen kräftig eins mit dem Vorschlaghammer drauf, und dann tut der Kasten schon wieder. Der Fred legt die Zange weg und nimmt den Schraubenzieher. Heute machen wir Sabbat, sagt der Franz und schneidet vom Brot ab, wo nicht mal die Götter heute arbeiten. Der Fred schraubt.

Der Franz holt unter dem Tisch die Schnapsflasche hervor. Ein Käfer läuft über den Tisch. Warst du wieder unterwegs in der Nacht, fragt er. Eine Weile, sagt der Fred. Ich habe geschlafen wie ein Fels, sagt der Franz. In der Nacht ist der Wald am schönsten, sagt der Fred. Ich glaube eher, dass du einer dieser Schlafwandler bist, sagt der Franz. Er macht die Schnapsflasche auf und schenkt beiden Schnaps in den Kaffee. Die Nacht, bevor die Maria gegangen ist, sagt der Fred, ist sie aufgestanden und im Gang gegen den grossen Spiegel gelaufen. Sie lag auf dem Boden in den Scherben. Janu, das passiert, sagt der Franz und zieht seine Sonnenbrille an.

Auf der Baustelle hinter der Stadtkirche. – Die Sonne brennt. Säcke schwer wie Kälber, sagt der Franz und lässt den Zementsack auf den Anhänger fallen. Es staubt. Er trägt ein weisses Unterlibli und macht eine Büchse Bier auf. Tun dir die Füsse noch weh, fragt der Fred. Er trägt einen blauen Kittel. Es geht allmählich, sagt der Franz, Blasen gross wie Spiegeleier hatte ich an den Füssen, aber die Magdalena hat mir Champagner über die Füsse geleert, das hat gut getan. Er trinkt, buah, und schmeisst die Büchse in den roten Eimer. Heiss wie in La Mancha heute, sagt der Franz. Er schwitzt. Die Kirchglocken läuten. Wie im Treibhaus, sagt der Franz, da braut sich was zusammen. Wenn die Windsbräute schweigen, sagt der Fred, kracht es nachher umso heftiger. Ein Lastwagen mit Bauschutt fährt vorbei. Der Fred legt den Besen auf die Ladefläche.

Wie eine Rakete, sagt der Franz und schaut den Kirchturm entlang hinauf. Das ist das grosse Telefon zum Herrgott, sagt der Fred mit der Zigarette zwischen den Lippen. Ich hätte wieder mal Lust auf einen richtigen Fight, sagt der Franz. Da waren wir noch kleiner als einen Meter, sagt der Fred. Drei Punkte für die roten Scheiben, einen für die grünen, sagt der Franz. Der Fred nickt. Spätestens dann ist uns das grosse Tor zum Grand-Seigneur definitiv zugegangen, sagt er. In so zartem Alter noch, sagt der Franz. Er greift sich in die roten Haare. Der Apfel fällt halt nicht weit, sagt der Fred, schau dir unsere Väter an. Die gingen am Samstagabend jeweils ins Nachbarsdorf und erteilten denen mit Zaunpfählen die Absolution, prügelten ihnen all die Sünden aus den Knochen, dass man bis nach Hause hörte, wie sie auf der anderen Talseite waren und reinhauten. Und am Sonntag nach der Kirche hiess es wieder, bei uns gebe es Blutwürste, sagt der Franz. Sie gehen über die Strasse zum Brunnen. Wir sollten mit Heiligenknochen handeln, sagt der Franz. Es ist halt alles schwieriger geworden, sagt der Fred, jetzt, da man die Grenzen eingerollt hat.

Der Fred taucht die Hand in den Brunnen und holt zwei Büchsen Bier raus. Ist das nicht die Schöne aus der Bäckerei dort drüben bei der Strassenkreuzung, fragt der Franz. Der Fred schaut zur Kreuzung. Wo, fragt der Fred. Dort hinten im Gewühl, sagt der Franz. Wo, fragt der Fred. Oh, dort, mit dem grünen Rock, sagt der Franz und zeigt mit der Hand. Jetzt geht sie gerade über die Strasse, siehst du? Nein, sagt der Fred. Schau dir diesen Rücken an, sagt der Franz.

Jetzt sehe ich sie, sagt der Fred. Sie schaut rüber und verschwindet um die Ecke. Der Fred hält dem Franz das Bier hin. Geh mal wieder Brot kaufen, sagt der Franz und nimmt das Bier. Er macht es auf.

So, wir müssen los, sagt der Franz und zieht den Fred am Oberarm, komm. Der Fred schaut zur Ecke. Warum denn die Eile, fragt der Fred, die Götter haben es nicht pressant. Ich muss noch was richten heute Abend, sagt der Franz. Was denn, fragt der Fred. Die Magdalena will irgendeinen Habakuk bereden, sagt der Franz. Kommst dir vor wie in einer Schraubzwinge. Er winkt ab. Der Fred zündet sich eine Zigarette an. Sich platt reden, ja, sagt der Franz und geht über die Strasse, die Bremsen quietschen. Der Mann am Steuer vom Justy hupt und flucht. Diesem Schweinehund wasche ich die Ohren, dass er danach aussieht wie ein Elefant, sagt der Franz. Lass das, Franz, sagt der Fred und hält ihn an der Schulter zurück. Aus dem Justy steigt ein Mann wie eine Telefonkabine. Der Franz bleibt stehen und schaut ihn an, du hast recht, sagt er, lass uns weitergehen.

Beim Kartenspiel. – Weiter geht's, sagt der Franz und nimmt die Karten vom Tisch auf, bis ich nicht gewinne, hören wir nicht auf. Das kann noch Jahre dauern, sagt der Fred. Sie tragen schwarze Anzüge mit Krawatte. Viertel nach fünf, sagt der Franz und steckt seine Taschenuhr aus Silber in die Hosentasche.

Schlafen kann ich sowieso nicht, sagt der Fred, eine Nacht quadratischer als die andere. Der Franz mischt die Karten. An der Wand hängt eine Tafel mit der Aufschrift „Hüpftanz verboten“. Geh mal raus und triff andere Frauen, das zähmt auch den Schlaf, sagt der Franz, ich weiss nicht, was denn daran verkehrt wäre. Er legt die Karten auf den Tisch. Der Fred klopft drauf. Er trägt seine grüne Kappe. Der Franz nimmt die Karten auf und verteilt sie. Aber der Freddie verrostet lieber, sagt der Franz. Nachdem die Ana gegangen war, lag ich Nacht für Nacht wach wie ein Verurteilter, ich sage dir, eine Nacht nackter als die nächste. Zwei aufnehmen, sagt der Fred. Vier, sagt der Franz und legt eine Karte drauf. Ausser eine Frau lag neben mir, dann knickte ich auf der Stelle wie vom Blitz getroffen ein, sagt der Franz, und schlief versunken wie ein Metzger.

Probier mal diesen hier, sagt der Franz und schenkt ein. Das ist noch ein ordentliches Destillat, anstatt von diesem Sumpfwasser aus Amerika. Der Fred trinkt. Schön kräftig ist der, ha, sagt der Franz und setzt sich hin. Das ist Benzin, sagt der Fred, es schiesst ihm das Tränenwasser in die Augen. So was steht eigentlich nur den Königen zu, sagt der Franz. Und den Schweinehirten, sagt der Fred. Aber lass für ein Mal die Zigaretten stecken, sagt der Franz, sonst sprengst du uns in die Luft. Der Fred mischt die Karten und verteilt sie. Der Franz schenkt nach und spielt eine Neun. Der Fred spielt ein Ass. So Hokuspokus brannte auch der Stoffel mit der Augenklappe, sagt der Franz, bei Vollmond warf er seine Maschine an, dass man das Ungeheuer im ganzen Kanton dampfen und schnaufen hörte. Am Morgen früh war Norditalien in Dunst gehüllt. Den Stoffel hatte ich vergessen, sagt der Fred. Eine Karte fällt ihm aus dem Ärmel auf den Boden. Der ganze Spuk für vier Flaschen Elixier, sagt der Franz. Knirpse hoch wie Fässer waren wir gerade mal, da lag der Stoffel mit Anzug im Gebüsch und schlief. Ende Oktober, sagt der Fred und schenkt nach. Am Tag darauf lag er immer noch da und schlief, sagt der Franz. Bis er am dritten Tag schon etwas komischer aussah, sagt der Fred, du bist dran. Dass er im Anzug dalag, sagt der Franz und trinkt, den trug er eigentlich nur am Abend, um die Tagesschau zu schauen.

Huara Schwindler, sagt der Franz und mischt die Karten. Unter dem Tisch liegt ein Hund. Der Fred beugt sich zu ihm runter und streichelt ihn hinter den Ohren. Im nächsten Leben bin ich auch ein Hund, sagt er zum Hund. Er nimmt ein Stück Schokolade aus seinem Plastiksack und gibt es ihm. Du bist dran, sagt der Franz. Der Fred nimmt eine Karte aus dem Socken und setzt sich wieder auf. Der Franz zieht die Pik Dame, fünf aufnehmen, sagt er und lächelt. La dama da palas, sagt der Fred, hat Haare schwarz wie die Maria. Die Magdalena habe ich seit einigen

Tagen nicht mehr gesehen, sagt der Franz. Du hast Stalldrang, sagt der Fred und legt eine Karte aus. Letztes Mal hat sie die Schuhe angelassen dabei, sagt der Franz. Die Wanderschuhe, fragt der Fred. Nein nein, so feine Lederdinger mit Riemen und dünnem Absatz. Ich habe ein Faible für schöne Schuhe. Ich weiss, sagt der Fred. Und Strümpfe mag ich sowieso, sagt der Franz, mit Spitzen. Absätze scharf wie Messer, sagt der Fred, das hat schon viele Verletzte gegeben. Vielleicht hätte ich nicht zu ihr nach Hause sollen, sagt der Franz und lockert den Kravattenknopf, man hinterlässt halt überall Fingerabdrücke. Nicht dass du unter die Guillotine kommst, sagt der Fred. Der Hund unter dem Tisch winselt. Ach was, sagt der Franz. Der Fred hebt die Augenbrauen. Ich weiss schon, sagt der Franz, ewig kann das ja nicht so andauern, und so weiter, und so fort. Er winkt ab. Komm, spiel jetzt, sagt der Franz. Du bist dran, sagt der Fred. Der Franz schaut zum Fenster, es wird schon wieder hell, sagt er.

Vor dem Wartsaal auf einem roten Bänkli. – Der Fred setzt sich wieder auf, ui, ich bin gerade eingenickt, sagt er. Er streckt den Rücken durch. Ich habe geträumt, jemand habe meinen Briefkasten geputzt, sagt der Fred und setzt sich seine Kappe richtig auf. Eine Stadt in Italien mit sieben Buchstaben, sagt der Franz, fängt mit B an. In der Hand hat er einen roten Bleistift. Bergamo, sagt der Fred. Der Franz zählt an den Fingern ab, genau, sieben, und schreibt es in die Spalten. Er trägt ein Stirnband und eine Sonnenbrille. Es regnet. Warst du mal in Bergamo, fragt der Franz. Mit der Maria, sagt der Fred und setzt sich auf die Bank, wir sind auf den Friedhof gegangen. Die haben schöne Friedhöfe dort unten, sagt der Franz. Auf einem Grabstein stand geschrieben, ho vissuto, ho amato, ho trincato, cosa voglio di più, sagt der Fred, ich habe gelebt, ich habe geliebt, ich habe gesoffen, was will ich mehr? Ein Gebirge, vier Buchstaben, fragt der Franz. Jura, sagt der Fred. Der Franz schreibt. Im französischen Jura fehlte dem Hund ein Bein, sagt der Fred, wo hast du dein Bein, habe ich ihn gefragt. Buchmesse mit L, sagt der Franz. Leipzig, sagt der Fred. Im Zug nach Leipzig liebten wir uns auf dem Tisch im Abteil und der Kondukteur kam rein, wir sind bald daheim, sagte er. Skigebiet mit A im Berner Oberland, neun Buchstaben, sagt der Franz. Adelboden, sagt der Fred, in Adelboden war ich noch nie. Ich auch nicht, sagt der Franz. Hauptstadt mit V. Vilnius, sagt der Fred. Sieben Buchstaben, sagt der Franz und zählt, stimmt. Ort im Aostatal mit A, sechs Buchstaben, sagt der Franz. Allein, sagt der Fred, Allein ist abgelegen, am Hang. Spanische Hauptstadt, Madrid, sagt der Franz und schreibt auf. Stadt in der Ukraine mit L, fragt der Franz. Lviv, sagt der Fred. Sieben Buchstaben, sagt der Franz. Lemberg, sagt der Fred. Lazio, sagt der Franz, Rom, sagt der Fred. In Rom habe ich Spaghetti gegessen, sagt der Franz. Ort in Graubünden mit T, fragt der Franz, acht Buchstaben. Tavanasa, sagt der Fred. Kalte Suppe aus Andalusien mit acht Buchstaben, fängt mit G an und endet mit O, fragt der Franz. Weiss nicht, sagt der Fred.

Das lockert, gell, sagt der Franz, ich liebe diese Kreuzverhöre. Er richtet sein Stirnband aus und schaut ins Heft. Don, fragt der Franz, sieben Buchstaben. Quijote, sagt der Fred. Mit C, sagt der Franz. Camillo, sagt der Fred. Giusto, sagt der Franz. Der Fred holt einen Thermoskrug aus seinem Plastiksack und schraubt den Deckel ab. Der Schnauz ist der Tiger vom Denker, sagt der Fred. Ha, fragt der Franz. Dieser Satz ist mir oben am Rhein wieder in den Sinn gekommen, als wir im Frühling dort am Fischen waren, sagt der Fred und packt Brot aus, geträumt hatte ich ihn in Klaipeida, am Morgen des 17. Oktober 2010, kurz vor sechs. Du redest in Rätsel, sagt der Franz und blättert. Er nimmt den Bleistift zwischen die Zähne und drückt die Finger durch. Ja, oben am Rhein hast du geschlafen wie ein Baumstrunk, sagt der Franz, ich habe dich kaum mehr wach bekommen. Und ich bin aufgestanden und war drei Jahre älter, sagt der Fred. Und geträumt habe ich von schwarzen Vögeln mit viel zu grossen Schnäbeln, sagt der Fred, und von ihrer Hand mit dem neuen Ring habe ich geträumt. Du willst mit Pferd und Wagen durch den Rhein, sagt der Franz.

Der Klimawandel halt, sagt der Franz und zeigt auf den Storch auf dem Dach vom Perron, jetzt gibt es bei uns sogar Pinguine. Bald kommt der Zug, sagt der Fred. Noch sechs Minuten, sagt der Franz und steckt seine Taschenuhr aus Silber in den Hosensack. Dann lass uns noch eine rauchen, sagt der Fred, eine mag noch rein. Sie zünden sich eine an. Der Franz lehnt an die Bank und bläst den Rauch aus, in sechs Minuten kann man sieben Kartoffeln schälen, sagt er. Oder zweieinhalb Mal das Lied „Non, je ne regrette rien" von Edith Piaf hören, sagt der Fred. In sechs Minuten kann man einen Kontainer ein Mal um den Block stossen, sagt der Franz. Sechs Minuten Verspätung bei einem Skirennen ist zu viel, sagt der Fred. Sechs Minuten Verspätung bei einem Rondévu liegt gerade noch drin, sagt der Franz. Sechs Minuten braucht man mit dem Zug von Trun nach Tavanasa, sagt der Fred. Sieben, sagt der Franz. Stimmt, sagt der Fred.

In der Werkstatt. – Sieben Tage, das zieht sich schon noch hin, sagt der Franz und fährt mit dem Bleistift die Holzlatte entlang übers Brett, wenn man Tag und Nacht zusammen ist, das zieht sich. Die Holzlatte auf dem Brett verrutscht, und die Spitze vom Bleistift bricht ab. Merda, sagt der Franz und schmeisst den Bleistift ins Sägemehl. Der Fred streckt ihm eine blaue Holzkreide hin. Ich bin mir das einfach nicht gewöhnt, sagt er und nimmt die Bierflasche von der

Werkbank. In den Haaren hat er Holzspäne. Und die Magdalena, sagt er, in den Ferien liegt sie am liebsten auf dem Sofa und liest. Er reisst die Etikette von der Bierflasche. Galopper steht auf der Etikette. Der Fred steht hinter der grossen Bandsäge und isst eine Apfeltasche. Wer das ganze Jahr durch krüppelt wie ein Ross, muss halt auch mal die Beine hochnehmen, sagt der Franz, der Franz versteht schon. Er setzt sich auf die Werkbank. Hast du was gesagt, fragt der Fred und nimmt den Ohrenschutz vom Kopf. Der Ohrenschutz ist orange. Er nimmt sich eine Bierflasche aus dem roten Eimer und macht sie an der Werkbank auf. Im Mund hat er eine Zigarette. Der blaue Kittel steht dir gut, sagt der Fred, siehst aus wie ein Lokomotivführer.

Ich mag es halt, wenn etwas läuft, sagt der Franz, ganze Tage herumliegen wie ein Hund, das ist Cac. Er dreht an der Schraubzwinge. Wenn es mindestens ein Billard gegeben hätte oder eine Scheibe und ein paar Pfeile. Nachdem die Ana in Spanien gegangen war, bin ich ganze Tage herumgelegen wie ein Stück Schwemmholz. Da stirbt dir der Verstand ab. Sobald es anfängt zu drechseln im Kopf, musst du sofort was machen, das macht dich sonst futsch. Der Fred steht am Fenster und schaut hinaus, die obere Fensterscheibe ist kaputt. Die Sonne sinkt allmählich hinter den Bergspitzen. So habe ich halt einen Esel gemietet und bin durch die Landschaft gezogen, sagt der Franz, während sich die Magdalena ausruhte. Das ist flott hügelig dort unten. Die ganze Insel abgeritten haben wir. Dieser Esel trottete tiptop. Aber nach einer Woche waren wir beide kaputt.

Was machen wir hier eigentlich, fragt der Franz. Einen Käfig für einen Hasen, sagt der Fred. Für welchen Hasen, fragt der Franz. Für den Hasen der Grossmutter von Maria, sagt der Fred. Der Franz legt die Werkzeuge aufs Brett. Ach komm, Franz, sagt der Fred, ich habe es ihr versprochen. Jetzt hat sie einen neuen Hasen, und der frisst ihr die ganzen Blumen im Garten weg, sagt er, so braucht sie halt einen Käfig. Ja, schau nicht so, habe ich denn jemanden erschossen, fragt der Fred. Ich bin kürzlich zufällig vorbeigegangen, und sie stand da am Zaun und salut und ça va und hat einen Hasen weiss wie Schnee an den Ohren aus den Blumen gezaubert und gesagt, das ist mein neuer Hase, und er heisst Juhu. Der arme Kerli hat gezappelt wie ein Wildschwein.

Du hast ein Gorillaherz, sagt der Franz und beugt sich über das Brett. Komm mit der Kettensäge, sagt er, hier, die blaue Linie entlang, siehst du, und zittere nicht grad wie eine alte Schachtel, und mach dir nicht die Arme ab, kommst sonst noch in die Tagesschau. Der Fred hält die Kettensäge in der Linken und zieht mit der Rechten an der Schnur. Die Kettensäge stottert. Im Mund hat er eine Zigarette. Der Fred zieht nochmals an der Schnur. Schraub mal den Deckel auf, sagt der Franz und holt den Kanister. Da ist nichts drin, sagt der Fred, bring den Sprit. Und wo ist der Trichter, fragt der Franz. Der liegt bei mir zu Hause auf dem Küchentisch, sagt der Fred. Na bravo, sagt der Franz. Wir nehmen deinen Schlüsseltrichter, sagt der Fred. Niemals, sagt der Franz.

Und jetzt musst du den Wali fürchten, fragt der Fred. Wen, fragt der Franz. Jetzt kommt der Mann der Magdalena mit dem Morgenstern, fragt der Fred. O Himmelstärna, das wäre noch zu verstehen, sagt der Franz, aber du glaubst mir nicht, kurz bevor wir losgeflattert sind, hat mich dieser Holzkopf angerufen und gesagt, das sei im Fall denn scho guat, und er wünsche schöne Ferien dort unten in seiner Finca. Jo was, sagt der Fred. Ich schwöre, sagt der Franz und streckt drei Finger zur Decke. Der Fred schaut hoch zur Hand. Er hat den Mund offen. Ich dachte, ihm brennen die Nüsse, sagt er. Ja ich denk auch, sagt der Franz und stellt die leere Bierflasche auf die Werkbank. Der Franz schüttelt den Kopf. Franz, ein bisschen Vertrauen in die Menschheit, sagt der Fred, das ist heutzutage halt modern. Modern, pah, modern ist ein altes Wort, sagt der Franz. Der denkt wohl, ich wolle nur hobeln. Das Zöllibad ist aus der Mode, sagt der Fred, ausser in LaMerica. Nur der Freddie lebt noch wie ein Eremit auf dem Mond, sagt der Franz. Er dreht das Brett und trifft dabei die Bierflasche.

Die Magdalena, ich sag dir, das ist ein Kugelblitz, sagt der Franz und wischt mit dem Schuh die Scherben unter die Werkbank, wenn sie mal so richtig Fahrt aufnimmt, muss danach der Besenwagen durchfahren. Du bist ja auch nicht ein Phlegmatiker, sagt der Fred. Gerade der Familie will ich denn nicht angehören, sagt der Franz und streicht sich die Hände am Kittel ab, am Ende begraben sie uns noch zu dritt. Da mache ich kein Theater, wenn das so weitergeht, dann hoppdifurt, und der Franz ist fort. Gib mir mal die Nägel. Der Fred gibt ihm den Hammer. Die Nägel, sagt der Franz und nimmt den Hammer, kommst dir ja vor wie ein Handlanger, er schüttelt den Kopf, grad den Gärtner für die zwei spiele ich denn nicht, gell. Das wäre noch eine schöne Arbeit, sagt der Fred.

Im Kino. – Ich habe einen Sommer lang mal einen Golfplatz gemäht, sagt der Fred, das hat mir gefallen. Trink aus, ich fülle nach, und den Rest nehmen wir mit rein, sagt der Franz. Der Fred trinkt. Der Franz schenkt nach und packt die Weinflasche unter die Jacke. Die Maria war für ein paar Monate an einem Fjord im Norden, sagt der Fred, so dass ich in dieser Zeit Rasen gemäht habe, so ging es. Der Franz isst Nüsse. Er trägt einen grauen Anzug und hat einen Kopfverband. Die Maria sprach Kassetten für mich auf, ich schrieb ihr dafür Postkarten. Ach, sagt der Franz. Aber ich schrieb immer nur einen Satz drauf, sagt der Fred. Das ist nicht viel, sagt der Franz. Ein schöner Satz ist viel wert, sagt der Fred. Ich muss schiffen, sagt der Franz.

Ein Mann drängt sich durch die Sitzreihen an ihnen vorbei und setzt sich neben den Franz hin. Er ist als Indianer verkleidet. Solange es gut geht, geht's schon, sagt der Franz und trinkt seinen Wein aus. Er stellt die Weinflasche unter seinen Sitz. Ai, sagt er und greift sich hinten an den Oberschenkel, sobald ich mich bücke, zwickt es. Bist du angeschossen worden, fragt der Fred. Ich habe mir eine Zerrung geholt, sagt der Franz, ein Marder hat mir hier hinten die Kabel durchgebissen. Er streckt das Bein durch. Der Franz nimmt dem Fred die grüne Kappe vom Kopf, wir sind im Kino. Der Fred nimmt sie ihm aus der Hand, ich weiss, aber die brauche ich. Das bildest du dir nur ein, sagt der Franz. Der Helm bleibt drauf, sagt der Fred.

Was ist, fragt der Franz. Nichts, sagt der Fred. Warum lächelst du, fragt der Franz. Ich weiss doch auch nicht, sagt der Fred. Hast du verstrahlten Salat gegessen, fragt der Franz. Salat esse ich nicht, sagt der Fred, wir sind keine Hasen. Wenn du eine Frau wärst, würde ich glatt denken, du seist schwanger, sagt der Franz. Schau die Werbung, sagt der Fred und zeigt auf die Leinwand. Irgendwas hast du angestellt, sagt der Franz. Was denn, fragt der Fred. Ich weiss denk auch nicht, sagt der Franz, aber du leuchtest wie eine Reklame. Das bildest du dir nur ein, sagt der Fred. Hast du einen Stromschlag bekommen, fragt der Franz. Nein, sagt der Fred. Und dann dieses neue Kostüm, sagt der Franz, irgendwas ist hier schief. Nichts hängt hier schief, sagt der Fred. Über die Leinwand reitet ein dicker Mann auf einem Esel durch einen Wald. In der Hand hat er einen Blumenstrauss.

Die Magdalena war gestern Nacht bei mir, und wir haben uns auf dem Küchenboden versöhnt, sagt der Franz, hat mir im Eifer den ganzen Rücken aufgekratzt. Der Fred streicht sich über den Nacken. Sie trug eine Kette mit einem Edelstein gross wie die Sterne von diesem Ding da, sagt der Franz und zeigt auf den Kronleuchter, das stand ihr gut. Hast du ihr das gesagt, fragt der Fred. Was, fragt der Franz, dass sie eine schöne Kette trug? Und dass sie schöne Füsse habe, sagt der Fred, so ehrlich muss man sein. Er hält den Kopf schief. Meinst du, sagt der Franz. Das wirkt Wunder, sagt der Fred und nickt. Der Franz trinkt aus.

Am Anfang ist immer alles zauberhaft, sagt der Franz, aber sobald der Wind dreht, dann muss man die Bündel packen und gehen. Ich war mal in Wien mit einer Japanerin zusammen, ihr ganzer linker Arm war tätowiert, und sie machte Harakiri mit mir, wenn ich in der Nacht durch die Gärten zog. Bscht, macht die Frau hinter ihnen. Eine Violinistin war das, sagt der Franz, eine Geigerin, fragt der Fred. Oh, ich bin nur ein Mal ins Konzert. Sie sassen auf der Bühne in einer Reihe und spielten mit Plastiksäcken über den Köpfen. Die hat mir viele Rüffel gegeben. Geschadet hat es sicher nicht, sagt der Fred. Die geht noch mit dem Blumenstrauss ins Grab, sagt der Franz. Bscht, macht die Frau hinter ihnen. Ich war halt noch blutjung und grün wie ein Specht, und das war auch das erste Mal, dass es mich so richtig erwischt hatte. Für sie wäre ich barfuss von hier aus nach St. Petersburg gelaufen. Aber wen wundert es, das war eben der erste richtige Rausch.

Im Wald. – Der Wind rauscht in den Blättern. Das erste Mal, dass es mich ohne Dementi erwischte, sagt der Fred, Kopfertelli, wenn ich sie schon nur sah, zitterte mir die Pumpe. Ui, er nimmt die Zigarette aus dem Mund, und ich, verklemmt wie ein Küster, machte ein Gestotter, dass der Kerli einem ganz leid tat. Er trägt seine grüne Kappe und einen beigen PTT-Kittel. Und heute macht sie die Bäckerin, sagt er. Schau an, sagt der Franz. Er hat ein Niederjagdgewehr umgehängt. Unten in der Stadt, in der Filiale neben der Apotheke, sagt der Fred. Der Franz schaut den Fred an, ah, aber nicht die Bäckerin, die schöne, fragt er. Mais oui, sagt der Fred und lächelt. Du bisch miar au no an Luschtiga, sagt der Franz und drückt die Lippen zusammen und nickt. Aber gegeben hatte es nichts, sagt der Fred. Dafür war ich ein bisschen mit ihrer Schwester. Ist die auch so selten, fragt der Franz. Es geht, sagt der Fred, aber grad so lieb.

Schau wie sie treiben, sagt der Franz und zeigt auf die Pilze am Strassenrand. Alles giftig, oder wie, fragt der Fred. Diese hier drüben kannst du zwar schon noch essen, sagt der Franz. Er reisst einen Pilz aus und riecht daran. Meinst du, dass es gegen Zahnweh hilft, sagt der Fred. Hast du die da mal probiert, fragt der Franz und reisst einen aus, die geben einen flotten Flash. Ein einziges Mal, sagt der Fred, und am nächsten Tag habe ich in den Spiegel geschaut und nur die Wand hinter mir gesehen. Ach, sagt der Franz, und der Fred weg? Der Fred furt, sagt der Fred. Ich war voller Fieber, aber nach sieben Tagen habe ich mich wieder im Spiegel gesehen, einfach mit dem Kopf nach unten. Immerhin, sagt der Franz. Er dreht den Pilz zwischen den Fingern. Diese muss man fein raffeln und in den Karottenkuchen tun, sagt der Franz, das isst man halt nicht wie Äpfel. Er wirft den Pilz ins Gebüsch.

Hin und wieder ein bisschen zu Fuss gehen, das ist ja schon recht, sagt der Franz. Ich fahre lieber mit dem Auto, sagt der Fred. Ich auch, sagt der Franz, wer zu Fuss geht, hat nur einen Fuss auf dem Boden. Das hast du von mir, sagt der Fred. So viel wie mit der Maggie vom Trapez bin ich aber doch noch nie gelaufen, sagt der Franz und tastet nach den Patronen in seiner Hosentasche. Sie war beim Zirkus und hatte einen Hund. Das halbe Land haben wir ausgemessen, das hat mal für ein paar Jahre gereicht. Hast du nicht gesagt, dass die Bäckerin auch einen Hund hat? Hunde haben noch viele Menschen, sagt der Fred. Was für einen hat die Bäckerin, fragt der Franz. Eine polnische Bracke, sagt der Fred. Hm, ein Nasentier, sagt der Franz. Wie du, sagt der Fred. Könntest ja mal mit der Bäckerin und der Bracke spazieren gehen, das wäre doch was. Bin ich, sagt der Fred. Ach huara Saich, sagt der Franz. Mehrmals bereits, sagt der Fred. Solchen wie dir hätte man früher die Zunge rausgeschnitten, sagt der Franz.

Es windet. Wir sind in den Wald, sagt der Fred. Und dann, fragt der Franz. Als wir hinten beim Bach waren, sind wir wieder zurück, sagt der Fred. Hat sie nicht den Tanz im Mehl gemacht, fragt der Franz. Schau dir diese Farbenpracht an, sagt der Fred und zeigt auf die Bäume. Zu Fuss gehen lockert, gell, sagt der Franz, es lockert auch das Maul. Weisst du, die Rebeka und ich, sagt der Fred, wer, fragt der Franz, die Rebeka, die Bäckerin, sagt der Fred, sie und ich, wir reden nicht so viel. Der Franz kickt mit dem Schuh einen Stein. In diesem Fall habt ihr nicht so viel gesagt, sagt er und setzt sich die Baskenmütze wieder auf. Der Fred raucht. Aber sie hat sich hinten beim Bach den Fuss verstaucht, und ich habe sie huckepack nach Hause getragen, sagt der Fred. Den ganzen langen Weg, fragt der Franz. Ja, sagt der Fred. Der Franz streicht sich über den Nacken. Die Magdalena habe ich seit einiger Zeit nicht mehr gesehen, sagt er und hängt das Gewehr über die andere Schulter. Es geht einem die Strasse aus, sagt der Fred. Ein Bier würde ich jetzt schon ertragen, sagt der Franz.

Ein Lieferwagen hupt und rast an ihnen vorbei. Es staubt. Huara Sauhund, ruft der Franz ihm nach und hebt die Flinte, der hätte uns fast überfahren. Mit fünf hat mich einer mal überfahren, sagt der Fred. Grad so will ich denn nicht enden, sagt der Franz. Der Doktor hat mir den Blechkasten aber wieder zusammengeschweisst, sagt der Fred. Ganz alle Schrauben hat er aber doch nicht mehr gefunden, sagt der Franz. Ich musste auf die andere Strassenseite zum Beck, sagt der Fred, in der Hand hatte ich den Fünffränkler und bin losgerannt. Ein Subaru hat mich platt gemacht.

Beim Radwechsel. – Es ist dunkel. Ach du heilige Radkappe, sagt der Franz und schaut das platte Rad an. Er nimmt die Baskenmütze vom Kopf und kratzt sich am Hinterkopf. Hol mal den Wagenheber, sagt er. Er trägt sein blaues Überkleid. Ich sollte mir wieder einen T4 kaufen, sagt der Fred, diese Ford sind nichts wert. Er macht den Kofferraum auf. Die T4, das sind Traktoren, sagt der Franz. Die Maria weigerte sich am Ende, in den T4 einzusteigen, sagt der Fred. Das hat nichts mit dem T4 zu tun, sagt der Franz. So dass ich ihn zum Schrottplatz gebracht habe, sagt der Fred, das bereue ich. Um zu bereuen sind wir zu jung, sagt der Franz. Der Fred nimmt eine rote Kappe aus seiner Jackentasche und setzt sie auf. Der sah am Schluss sowieso aus wie eine verbeulte Pfanne, sagt der Franz. Der Hagel halt, sagt der Fred, fuhr aber noch flott. Der Franz kniet vor dem platten Rad, holt einen Schraubenzieher aus dem Hosensack und klappt die Radkappe weg.

Verflucht, sagt der Franz, Viertel nach zwei. Er steckt seine Taschenuhr aus Silber in die Hosentasche. Die tote Stunde, sagt der Fred. Ha, fragt der Franz. Heute ist die Zeitumstellung, sagt der Fred. Jetzt, fragt der Franz. Ja, sagt der Fred, wir sind in der Stunde, die es nicht gibt. Warum, fragt der Franz. Die wird wieder gelöscht. Hm, sagt der Franz. Das ist gefährlich, sagt der Fred und holt zwei Büchsen Bier vom Rücksitz. Wer deine Fahrkünste übersteht, überlebt auch das, sagt der Franz und macht seine Büchse auf. In der toten Stunde steht die Madame Blanche am Strassenrand, sagt der Fred und trinkt. Wer sie sieht, stirbt. Die Madame wieviel, fragt der Franz, wenigstens haben wir Bier dabei. Die Madame Blanche, sagt der Fred. Kenne ich nicht, sagt der Franz. Auch besser so, sagt der Fred. Alte Frauen sollten in der Nacht nicht am Strassenrand stehen, sagt der Franz, zu gefährlich. Soli, sagt er, und stellt seine Bierbüchse aufs Dach.

Hält das denn auch, fragt der Fred und beugt sich runter zum Franz. Gerade auf den Kopf gefallen sind wir ja nicht, oder, sagt der Franz und kurbelt am Wagenheber. Mit der Maria bin ich mit dem T4 mal im Sand stecken geblieben, sagt der Fred. Ich weiss, sagt der Franz, das hast du schon gesagt. Wir hatten wieder mal ein Gefecht, sagt der Fred und schüttelt den Kopf, und dann hat sie Stopp gerufen, sagt der Franz, und du bist aus Trotz extra weitergefahren und dann habt ihr schief geschlafen und du hast am nächsten Tag den Sand unter dem Rad ausgegraben und Steine druntergelegt und die Maria war am Meer und du hast den Bauer vom Ponyhof geholt, Pferdehof, sagt der Fred, der in der Hängematte lag und der hat euch aus der Miserie geholfen und blabli blabla, sagt der Franz, hol mir gschider das Reserverad.

Der Franz trinkt sein Bier aus und drückt die Büchse zusammen. Wo hast du diese rote Tarnkappe her, fragt der Franz und schmeisst die leere Bierbüchse in den Strassengraben, die steht dir gut, siehst damit aus wie ein Lichtsignal. Der Fred fasst sich an die Kappe. Hier, halt mal die Schrauben, sagt der Franz und gibt sie dem Fred, aber verliere sie nicht. Die hat mir die Rebeka geschenkt, sagt der Fred. Ach, sagt der Franz und schaut auf, einfach so? Da hatte ich noch den T4, sagt der Fred und hebt das Reserverad aus dem Kofferraum. Wie bitte, sagt der Franz. Aber ich musste sie vor ihr verstecken, sagt der Fred, die Maria spie

Feuer. Ha, sagt der Franz und legt das Kreuz auf den Asphalt. Hier das Rad, sagt der Fred und rollt es zum Franz hin. Freddie, sagt der Franz und steht auf. Jetzt müssten wir wohl den Lumpen hier wegnehmen, oder, sagt der Fred, lass nur, ich mache. Er bückt sich runter zum Rad und nimmt es weg. Vualà, sagt er und hält es dem Franz hin, leg das doch bitte in den Kofferraum. Fred, sagt der Franz und schaut ihn an. Was, sagt der Fred. Du bist ein Hund, sagt der Franz und klopft ihm mit dem Zeigefinger auf die Brust, gib doch zu, du hast sie verräumt. Ha, fragt der Fred und zündet sich eine Zigarette an.

In der Bar. – Die Kellnerin stellt einen Aschenbecher hin. Der Franz stellt das leere Glas auf den Tisch ab, buah. Er trägt sein blaues Überkleid. Ich habe mal eine Zeit lang in einem Tunnel gearbeitet, sagt der Franz, und seitdem ist mir lieber, wenn es hell ist. Der Fred klopft die Asche ab. Ich arbeitete Schicht, sagt der Franz, verdienst zwar wie gestört, aber wenn du aus dem Rohr kommst, weisst du nicht, ob du jetzt frühstücken sollst oder was. Der Fred trinkt. Eine wirre Zeit war das, sagt der Franz, ich ging mit der Fiola, sie hatte ein Motorrad mit Seitenwagen und eine Pilotenbrille. Wir fuhren im Kreis. Das hat auch seinen Reiz, sagt der Fred. Ihre Mutter machte die besten Zwetschgenkuchen vom ganzen Alpenraum, sagt der Franz. Das hat die Amore um ein halbes Jahr verlängert. Als ich im Tunnel aufgehört habe, war auch Schluss mit der Fiola. Beides überlebt, oder, sagt der Fred. Auch ohne Zwetschgenkuchen, sagt der Franz.

Der Fred krempelt die Ärmel von seinem schwarzen Hemd hoch. Wissen, wann zu gehen ist, ist eine Kunst für sich, sagt der Franz. Er hebt sein Glas, mit dem Anfang beginnt auch das Ende, sagt er und trinkt. Und umgekehrt, sagt der Fred. Gib mir auch so einen Glimmer, sagt der Franz. Nimm, sagt der Fred und legt ihm das Zigarettenpäckchen hin. Ich gehe am liebsten französisch, sagt der Franz. Im Nachhinein wäre man immer früher gegangen, sagt der Fred. Aber aus Gewohnheit bleibt man doch hocken, sagt der Franz. Die Kellnerin stellt zwei Whiskys auf die Theke. Sehe ich jetzt bereits doppelt, oder hat sie mir wirklich zwei hingestellt, fragt der Franz und hält sich an der Theke fest. Das ist meins, sagt der Fred und hält es hoch. Ach so, sagt der Franz. Ich habe mal doppelt gesehen, sagt der Fred. Ach was, sagt der Franz. Du warst in Spanien, sagt der Fred. Viva, sagt der Franz. Sie stossen an.

Und dann, fragt der Franz. Nach vier Tagen bin ich zum Arzt gegangen, weil ich die Türen nicht traf. Er nimmt seine rote Kappe vom Kopf, die Empfangstante hat mich ins Zimmer geführt, und der Dottore hat mir seine Kelle entgegengestreckt, und ich habe nebendurch gegriffen, dann hat er mir geglaubt und mich ins Rohr gesteckt. Der Franz macht ein Zeichen zur Kellnerin, noch zwei, sagt er. Ein ordentliches Scherbenwerk die ersten Tage, sagt der Fred. Die Kellnerin stellt zwei Whiskys auf die Theke. So wenn ich zwei Türen sah, machte ich einfach ein Auge zu, streckte die Arme aus und ging langsam auf die Tür zu, bis ich durch war. Wie ein Betrunkener, sagt der Franz. Einen Frühling lang bin ich schräg durch die Landschaft gelaufen, sagt der Fred. Und was meinten die Tierärzte, fragt der Franz. Die glaubten zuerst, ich hätte Drogen gegessen, sagt der Fred, aber nada de drogas, der Fred nimmt keine Drogen, habe ich ihnen gesagt. Hm, sagt der Franz. So dass sie noch nach Wochen meinten, sagt der Fred, dass allenfalls oben hinaus was nicht ganz stimme, mit der Feinelektronik höchstwahrscheinlich. Eben, eine Schraube verloren, sagt der Franz, oder. Auf den Sommer hin hat es aufgehört, sagt der Fred. Einfach so, fragt der Franz. Jo, sagt der Fred, einfach so. Und dazwischen, fragt der Franz. Das dazwischen muss man aushalten, sagt der Fred.

Der Franz trinkt. An der Wand hängt ein Foto von einer alten Frau, die eine Zigarre raucht. Lass uns wieder mal fischen gehen, sagt der Fred. Man darf nicht mehr, sagt der Franz. Das macht nichts, sagt der Fred. Am Samstag denn, fragt der Franz und dreht sich nach einer Frau in Uniform um. Am Montag, sagt der Fred und zündet sich eine Zigarette an, übers

Wochenende fahre ich mit der Rebeka in die Berge. Aber nicht nach Binn, sagt der Franz. Nein, sagt der Fred. Ich nehme die Flinte mit, sagt der Franz. Und ich den Hund, sagt der Fred.

Arno Camenisch
Fred und Franz

Diese zweite Auflage erscheint im Juni 2013.
Lektorat Urs Engeler, Korrektorat Michèle Zoller,
Gestaltung Marcel Schmid, Druck und Bindung
Těšínská Tiskarná, Tschechien.

ISBN 978-3-906050-06-5

http://www.engeler-verlag.com

Weitere Bücher von Arno Camenisch
im Engeler-Verlag

Arno Camenisch
Sez Ner

Arno Camenisch beschreibt in seinem Erstling das Leben von Hirten und Sennen während eines Sommers auf der Alp Stavonas am Fuße des Piz Sezner in der Surselva des Kantons Graubünden. Er erzählt von Kühen und Schweinen, Katzen und Hunden, der Polenta und dem Käse, dem Alkohol und den Rauchwaren, von Wind und Wetter, Mann und Frau, den Leuten aus dem Unterland und den Bauern aus den Tälern Graubündens. Dass Camenisch seine Texte nicht übersetzt, sondern auf Rätoromanisch und auf Deutsch schreibt, gibt ihnen ihren ganz eigenen Klang, in der Rauheit und Melodiösität, Kraft und Zartheit eine suggestive Verbindung eingehen. Distanz und Nähe sind auch die bezeichnenden Momente von Camenischs Beschreibungskunst: Alles ist sehr nah und genau gesehen, und doch wird nichts bloßgestellt, kann alles diskret bleiben und sich in seiner Unmittelbarkeit bergen.

Arno Camenisch, Sez Ner
Deutsch und Rätoromanisch
Engeler-Verlag, ISBN 978-3-906050-01-0
Gebunden, 216 Seiten

Arno Camenisch
Hinter dem Bahnhof

Es ist ein kleiner Ort, dem Arno Camenisch nach dem Erfolgsbuch Sez Ner seine Aufmerksamkeit zuwendet, ein kleines Dorf in einem engen Tal zwischen hohen Bergen – und doch sind der Schraubenladen und das Coiffeurgeschäft, sind der Bahnhof und der Stammtisch in der Helvezia die ganze Welt, in der jeder und alles seinen Platz und seinen Namen hat. Es geht ums Zähne klopfen und um die Züge, die ein Mal die Stunde das Tal hinabfahren, um Jasskanonen und Dorftrompeten, um die Sau vom Adolfdallamaria und den Eierlikör vom Dichter, um die Grossmutter, die schief steht, und um die Särge vom Grossvater. Es ist ein Kind, das diese vertraute und zugleich seltsam schräge Welt der Erwachsenen sieht, sein direkter Blick schafft Nähe, es täuscht mit seiner Unbekümmertheit über die Abgründe hinweg, die sich hier auftun.

Arno Camenisch, Hinter dem Bahnhof
Engeler-Verlag, ISBN 978-3-906050-02-7
Gebunden, 96 Seiten

Arno Camenisch
Ustrinkata

Es ist der letzte Abend in der Helvezia, der Alkohol fliesst in Strömen wie der junge Rhein, und wes des Herzen voll ist, des geht der Mund über: Jetzt heisst es Austrinken! Noch einmal sitzen sie um den runden Tisch, die Tante, die Silvia, der Otto und der Luis, der Giachen und all die andern, die noch leben oder schon lange tot sind. Arno Camenisch hört ihren tragischen und zugleich komischen Geschichten genau zu, mit seinem präzisen Sinn für den Klang und die Eigentümlichkeiten ihrer Sprache hält er diese von Tod und Vergessen, von Naturgewalten und menschlichen Abgründen, von Hochwassern und Liebeswirren, von Steinschlägen und Händeln bedrohte Welt lebendig. Auf unverkennbar eigenwillige Art beschliesst Arno Camenisch mit „Ustrinkata“ nach „Sez Ner“ und „Hinter dem Bahnhof“ seine äusserst erfolgreiche Bündner Trilogie. Es geht alles zu Ende, aber so lange einer noch erzählt, ist das letzte Glas nicht ausgetrunken!

Arno Camenisch, Ustrinkata
Engeler-Verlag, ISBN 978-3-033-03028-2
Gebunden, 100 Seiten